唯食物可慰藉

肖于 / 郭婧 / 许志华　等著

北京联合出版公司
Beijing United Publishing Co.,Ltd

图书在版编目（CIP）数据

唯食物可慰藉 / 肖于等著 . — 北京：北京联合出

版公司, 2018.10

ISBN 978-7-5596-2552-6

Ⅰ . ①唯… Ⅱ . ①肖… Ⅲ . ①散文集—中国—当代

Ⅳ . ① I267

中国版本图书馆 CIP 数据核字（2018）第207967号

唯食物可慰藉

作　　者：肖 于 郭 婧 许志华 等

责任编辑：孙志文

产品经理：严小额

特约编辑：杨 凡

北京联合出版公司出版

（北京市西城区德外大街 83 号楼 9 层 100088）

北京联合天畅文化传播公司发行

天津光之彩印刷有限公司印刷 新华书店经销

字数：180 千字 787mm×1092mm 1/32 印张：9.25

2018 年 10 月第 1 版 2018 年 10 月第 1 次印刷

ISBN 978-7-5596-2552-6

定价：49.80 元

目录

一 碗 饭

不管给我吃多少东西，

只要没吃过米饭，

对我来说这一天就算是没吃过饭。

文/水水

1

1999 年，每晚伴我入睡的深夜电台节目的女主持人，辞职去做报纸了。

她说，这会是一家和我们此前看了很多年的日报、晚报都不同的都市类报纸。

后来，这家报纸成了在这个城市的报摊上卖得最快最多的报纸，大家第一次知道，新闻标题居然可以取三行、四行、五行、六七八行……

她在这家报纸上开了一个专栏，叫作《浓情小说》，整版整版地发一些当时很盛行的小资女青年喜欢的亦舒风的言情小说，但又会暖一点儿。

这也是她最擅长写的故事。

曾经在深夜电台听她讲过的好多故事，都变成铅字印在了报纸上。

还在读高中的我，没有"哈韩"，也没有成为"日迷"，却常常在课间写信去电台，表达一枚小粉丝的热忱与痴傻。

可能是我写得勤，感动了她。

她回复我了。

她说，你也可以试试写文章。可是我写了一篇，写砸了。她说，你再试试。怯懦的我说我学习有点儿忙。

她没有再提。

但她给了我她讲的故事的那些电子文档，全都存在一张正方形的 3.5 英寸软盘里。

然而，那个时候，电脑和网络都是很稀有的，我连碰都没有碰过。

刚好坐我后排的男生有一天显摆地说自己新买了一台打印机，还说自己会排版。

于是我央他帮我把软盘里的文章打印出来。

磨了他好多天，一下课就缠着他说这事儿，他被我烦得受不了，终于答应，说有空的时候帮我做，但会比较久，因为排版很费时间，而大家功课都这么忙。

多久都等。

还好等得也不算太久，高中毕业前，就拿到了厚厚一本 A4 纸打印、装订的《兰心故事集》。

对的，她在电台做主持人时的名字叫兰心。

这本故事集，很多篇小说，长长短短，大多是爱情小说。怕父母看见，我偷偷地藏在抽屉的深处，夜里做功课的时候，悄悄藏在试卷下面看，反反复复地看了很多遍。

因为翻看得太频繁，用订书机简装的册子很快就松动了。怕它彻底散架，才慢慢不敢拿出来看。

其中，至今记得很清楚的是一篇短文，题目叫《爱情就是一碗饭》。

故事里的女孩子，开始时说，爱情一定要是美丽的，就像玫瑰花。后来女孩认识了一个男孩，男孩带女孩去一家小餐馆吃饭。女孩吃剩半碗饭，放在一边。男孩对她笑笑，伸手拿走了那半碗饭，开始吃起来，吃得那样香甜，那样自然。

女孩愣了愣。在她的印象中，只有外婆和父母吃过她吃剩下的饭。那是只有一家人才可以做得这么自然的事啊……

男孩吃着饭，忽然说："我忽然想，如果以后有一天，我们穷得只剩下一碗饭，我一定会让你先吃饱。真的，我发誓！"

女孩想，这真是一个奇怪的誓言啊，可这却是男孩对女孩许下的唯一誓言呢！不知道为什么，女孩却为这个奇怪的、关于一碗饭的誓言哭了……

2

2001 年夏末的一天，一个要好的女同学突然来电说自己失恋了。

哦，那个时候，已经有手机了，但我们还在用 BP 机，她一下呼叫了我们好几个同学。

我们分拨儿赶去陪她吃饭、散心，那是我第二次与郑先生见面吃饭。

哦，那个时候，他还应该叫郑同学。

一起吃饭的还有那个帮我打印了小说集的男同学。

女同学说，自己实在想不明白前男友为什么要和她分手，一定要听男同学说一说男生的脑回路。

我既不是男同学，又没有谈过恋爱，基本说不上话，但是这么忧伤又闷热的场景，总不能自顾自地吃饭，怎么可能吃得下呢？

所以，郑先生问我要吃点儿什么时，我说，没胃口，随便。

郑先生买了些来，放在我面前。我吃了两口，就不吃了，说，天好热，有点儿渴。

他又去买了喝的来，然后默默地把我面前的吃的拿去吃掉了。

我其实没有太注意这些。

当时是在女同学所在的大学食堂。饭桌上，失恋的女同学一直在提问，那个打印小说集的男同学一直在回答，我一直在听，坐在我旁边的郑先生大概是一直在默默地边吃边听，因为他坐在我右手边，我反而没有太注意他。

但坐在我们对面那个一直在回答失恋女同学提问的男同学，好像注意到了这些，后来我们在学校遇见时，他问我和郑先生怎么样了。

他说，你要好好珍惜，这个男人，只可能是你负他，不会是他负你。

我很震惊。

那是他第一次见郑先生。

我说，你见我们那次我们刚认识，还不是男女朋友呢。

他说，他不会看错的。

一直追问他为什么。他只说，男人看男人，比你们女人看得准。

3

2004 年，每天接我下班的郑先生，被单位派去日本研修。

那个时候，国内的手机号在日本是无法使用的，没有遍地的无线网络，也还没有智能手机，更没有微信。

我发烧了，在他出发的前一晚，前所未有地呕吐。

他赶来医院陪我挂完点滴，又在我的床边守了一夜，用脸盆接我吐出来的苦水，接了倒，倒了又接。

那是他第一次见我吐得这么厉害，我自己也是第一次见。

天亮了，我依然病恹恹的，可他还是得起身去赶飞机。

我躺在床上目送他离开。

脑海中总是浮现出高中时在午夜电台听的电影《玻璃之城》。哗啦啦的雨声中，韵文在电话里呼喊："你说话啊！说话啊！

电话费那么贵——"信号断了，她低喃，"我下次攒够钱再给你打电话。"

大学毕业收拾行李的时候，郑先生曾理出厚厚的一沓校园电话卡说，看看，你每天跟我煲电话，让我买了多少电话卡。

现在换我去报刊亭买可以打越洋电话的储值电话卡，一开始买五十元一张的，后来买一百元一张的。

以前我就是个话痨，跟他总是有说不完的话；后来，我每次都想掐准了五十八秒挂，却总是一不小心多说了几个字，挂掉的时候刚好超了两秒，会一直懊恼到下一次打电话，懊恼早知不如再多说几句。

然后，就变成每次挂电话之前都会先看一眼有没有超时，后来，就变成经常超过两秒，说"再讲一分钟"，结果又超两秒，再说……好像慢慢变成故意的，我总在电话这头喊："哎，别挂别挂！超过了，我们再讲一分钟。"再后来，就讲到电话突然断了线。

但也并不是每天都可以通电话。

每天都能通的是电子邮件。

谈恋爱也没给我写过情书的人，总说自己高考语文作文不及格的人，电子邮件也写不长，只会每天写自己今天又吃了什么、做了什么。

说是去研修，其实就是去日本的公司上班，上班做得最多的一件事，竟然是煮饭，在实验室里用各种不同的程序煮饭，然后吃吃看哪种程序煮出来的米饭更好吃，再写成报告。

一个男人天天煮饭，总觉得画风有点儿奇怪。

更奇怪的是，有一天他写"周末要去种田"，说这是他们这家公司的规矩，研发电饭煲的人必须亲自种过田，收获过大米。

我出生在城市，从来没有下过田，上班后更是没有自己煮过饭。

他在日本，与我的生活差得那么远。

数月后，他终于归来。见面前，我竟有些忐忑，好像又回到了我们第一次见面的那天，甚至对视都变得尴尬。

直到我们又坐下来一起吃饭。

他还是那个他，随着我不吃香菜不吃蒜，把我想吃却点了又吃不完的饭菜，默默地吃了。

我说，他不知道，他不在的时候，我和朋友吃饭，总是被他们嫌弃不吃香菜，有时也不得不忍受一下香菜的味道。

4

2006年，他没有求婚，我们就谈婚论嫁了。

他给我们的小窝搬回来一台有煮寿司饭、做蛋糕等功能的电饭煲。

他说，他在日本学了做寿司，要用这台电饭煲做给我吃，但做了不算很成功的一次后就没有再做。

他说他要用这台电饭煲给我做个涂满我喜欢的鲜奶油的蛋糕，也是做了不算很成功的一次后就没有再做。

我们平时又很少在家里吃饭，这么高级的电饭煲，只有在朋友来时才会启用，而且我们真的只是煮米饭，菜都是外卖的，或是吃火锅。

不止一个朋友说，你们家的米饭特别好吃。

我通常会说锅好、米好，没好意思说郑先生是专业煮饭的。

他洗米的那一手，我看过好多次都学不来，有点儿像在揉面，又有点儿像在搓衣服，但下手速度很快。

第一次看见的时候，我说，他这样洗，米的营养都被他洗掉了。

他笑说，不会，手上的力道都控制着呢，不会破坏营养，却能让煮出来的米饭晶莹好看。

因为好看，吃起来也更香。

这可是他在日本煮了好几个月的米饭练出来的手艺。

可是，专业煮饭的，也有困扰。

按照他们专业的标准，根据电饭煲上的注水刻度线煮出来的米饭，我总是说不够软。

他只好为了我多加些水，再多加些水。

我喜欢吃软得有点儿黏糊的米饭，而他其实喜欢吃干得颗粒分明的米饭。

《大长今》里有这样一出戏，韩尚宫凭借一锅饭煮出不同软硬程度，分盛给口味喜好不同的尚宫们，最终在厨艺比试的投票中胜出。

郑先生信誓旦旦地说，他要专门做一台可以烧出一半软饭、一半干饭的电饭煲给我。

我觉得这是他对我说过的最令我心动的一句情话。

如果真的做出来，那就是比钻戒更珍贵的结婚礼物。

我母亲经常说起我童年的一件趣事。外婆辛苦照看我一天，待母亲回家时问我吃饭了吗，我答没有吃过。外婆很郁闷地说，明明给吃了米糕、面条等很多。我却说，"可是，是没有吃过米饭呀"。总之，不管给我吃多少东西，只要没吃过米饭，对我来说这一天就算是没吃过饭。

所以，我从小就是"米饭控"。

所以，老天才赐了专业煮米饭的郑先生给我吗？

然而，后来，郑先生并没有送我可以同时煮一半软一半干的米饭的电饭煲。他说，这样的电饭煲，他可以做出来，但并没有必要了，反正只要他和我一起吃软的米饭就好了。

后来，我和他带着我们的孩子，一起去周华诚的"父亲的水稻田"里，下田，种水稻，等待稻谷金黄、大米丰收的那一天，煮一碗我们自己种出来的白米饭。

那么甜

那些廉价、粗糙的食物是我对甜的最初印象，
所有的甜都曾温柔地安慰过我。

文/肖于

很多时候，支撑你在这人世间活下去的不是梦想，不是责任，
只是生活无意中给你的一点点甜。那点儿甜是在大丽菊上嗡嗡
飞的蜜蜂，是风吹过白杨树沙沙响的叶子，是一块放在舌尖就
甜到心里的水果糖……关于故乡，在很深沉的忧伤里，依旧是
甜的。在并不漫长的岁月里，那么一点儿甜，让我觉得自己曾
经是幸福的。

山楂是甜的

我妈是个知青，我爸是个农民。我妈是城市户口，我爸是农村户口。打下这几个字，就已经感觉到岁月沧桑了，这些完全不符合眼下的字眼，只配活在三十年前。

然而，只是这些字眼，就足以奠定我童年的生活基调。这不只是简单的工农混搭，也是命运的羁绊，让我最初的生活里充满矛盾、碰撞、愤怒、不甘、无望、争吵……

所有这些词语离幸福都有一点儿远。

很多小飞虫都有趋光性，每个人都渴望温暖、安全，这些法则也许早在 DNA 里写好了。小时的我，无力去做些什么，逃是一个很好的方法。很多年后的现在，想起童年，最幸福的日子都不是在家里，而是在我姥家，好像那里才是我真正的家，能让我踏实、安全、温暖，可以毫不负责任地生活。

据算命的王瞎子说，我妈和我爸的结合是天造姻缘。据我姨说，是父母之命，无法抗拒。没有人想让我妈过苦日子，只是迫于形势。在那样的年代，个人命运往往不值一提，跟随着各种政策和号召，到了最后，苦的只是最老实、诚恳又认命的人。作为下乡的知青，体弱多病，却无人关照，结婚是解决这个问题最容易的办法。

如果说我妈是苦的，那么我爸一定是甜的吧。作为生产队队长的儿子，我爸一心要找个城里姑娘结婚。任凭做媒的人来来往往，他毫不动心，直到生产队的王会计带着电力所所长我姥爷说亲的意思踏进门槛，我爸就认定了这门亲事。

我爸长得好，我妈大他两岁。

在我幼时的岁月里，我爸应该很辛苦。只有他一个农村户口，却有三个城里人要养活，他拥有的土地太少了，我妈又不甘愿干农活儿。他勤快，愿意为日子付出所有气力。据说，在生产队里，我家永远是每亩地里出钱最多的人家，而他的女儿们却几乎没去过那片土地。

生产队里的人羡慕我爸，觉得他日子过得好，可家里来往的城里亲戚对他只有同情，是城里人对乡下亲戚的同情——看他，多么苦，多么累啊。

事实上，过分操劳让他暴躁、易怒，爱好也从打乒乓球、滑冰变成了喝酒。再加上和我妈经常有矛盾，不干活儿的时候，他几乎都去外面喝酒，然后是争吵、冷战，以及我作为大女对他的厌恶。

粗粝、辛苦的生活让我妈也不幸福，她尽心尽力养育我和妹妹，却也常说很伤人的话，比如："不是为了你们，我早就和他离婚了。"

我姥及家里所有人都心疼我妈，一个城里姑娘，就这么和一个种地的人生活，日子确实是苦。他们也常对我说："你妈太不容易了，你长大了她就能过得好点儿了。"

我父母不太如意的生活，好像都是我和妹妹造成的。很荒谬。小时候，我想过，或许只有我们死了，他们才能解脱。

我的父母勤劳、踏实，都有一颗疼爱孩子的心，他们毕生的希望都是两个女儿能过得比自己更好。他们对自己苛刻，从不多花一分钱在自己身上，倾尽所有，一切的一切都只是为了孩子，在有限的条件里，尽量保证别人家孩子有的东西自己的孩子也有。

东北没什么太好吃的水果，种类也少得很，入秋的山楂勉强算水果吧。有一次，家里买了一堆山楂。关于这堆山楂，我恐怕要记上一辈子，并不是因为山楂好吃，而是因为我妈对我说的话。

这山楂特别酸，我吃了两个，一点儿也不觉得幸福，却又觉得扔掉不吃太浪费了。我妈看我吃得痛苦的样子，让我把剩下的半袋子山楂都扔了。

扔东西并不是一贯节俭的她能做得出的事情，可她的逻辑是止损。她说："买了不好的东西已经吃亏了，再吃了不想吃的东西，损失更大，不如扔掉，就损失一次。"

我妈说得对，这个道理我听一次就记住了。

就算有再多的不舍得，也没有必要为了拥有而受伤害。

后来，我知道，山楂可以做成山楂酱。只要放白糖，多放，再难吃的山楂也能变甜。就像我们的日子，酸涩难忍，漫长，可终究有那么一些些的努力让日子变得甜一点儿。

山楂这种廉价的水果，确实带给我们很多甜的记忆——山楂条、山楂片、山楂糕，还有山楂酱。山楂大面积上市时，稀烂贱的价格买回了，放在铁锅里咕嘟嘟地煮，然后冰糖或者白糖往里猛加，直到制成山楂酱。

酸酸甜甜的山楂酱放在罐头瓶子里，想吃的时候去挖半碗，现在想想那种甜还是能浸到心里。死冷寒天的时候，玻璃瓶子放在窗外，冻得瓷实，这不是一个好选择，因为你没法儿吃，冻成一团要多久才能化开啊。最好的选择是放在阳台和厨房的夹层里，阳台是个大冷库，厨房是热的，可夹层是冰火两重天。山楂酱半冻不冻的，不会坏了味道，也随时能挖出来吃。

东北的冬天几乎持续半年，冬天没有农活儿可做，很多种地的人就猫冬了。猫冬怎么可能有收入？我父母脑子活，也不怕吃苦受累。在 20 世纪 80 年代末，他们养了几头奶牛。按我妈的话说，家里又多了一个人上班。奶牛产牛奶，牛奶可以卖钱，每天都有收入。就算猫冬，土地里不产钱，可家里的牛还是会赚钱。

快入冬了，我爸在生产队的电影院烧锅炉，这是作为生产队队长儿子的好福利。我妈在水泥厂上班，等下了班，从托儿所里接上我和妹妹，然后回家。挤了牛奶，我妈要带着两罐子沉甸甸的牛奶桶去奶站卖掉。还有两个很小的女儿，害怕得不肯在家里等她，怎么办？

我妈骑个二八大自行车，两罐几十斤重的牛奶桶挂在自行车后面，两个女儿坐在自行车的大梁上。天有点儿冷了，我们都穿着厚厚的棉衣。

夜幕来得快，天色很快就沉下来。

我妈骑了没几分钟就带不动我们了，放下我和妹妹，到综合商店门口给我们买两串糖葫芦。我和妹妹一边吃，一边在深沉的暮色里跟着我妈走。我妈骑一会儿自行车，推着自行车再走一会儿。我和妹妹跑跑走走，一点儿也不冷。

路灯是橘黄色的，每隔一段，就劈开夜色挥洒些温暖的光来。母女三个人，就这样，在糖葫芦的甜的引领下，按时走到遥远的奶站。

交了牛奶，我妈会带上我和妹妹，还有两个空了的铁皮桶，骑自行车回家。路过综合商店，会再买几根棒冰，把它们冻在室外的窗台上，晚上看电视的时候吃。

天冷，我妈是热的，骑自行车蹬出一身的热气。我和妹妹坐在车大梁上，过天桥上坡时，都下来帮我妈推自行车。我们身子是热的，手和脸蛋儿是冷的，可心里是甜的，吃了冰糖葫芦，还有棒冰可盼望。

小时候生病，会有病号餐，山楂罐头是一种。可是我不太常生病，吃不到的。但是，我姥或者我姥爷生病时，我总能吃到，可他们也很少生病。

我姥生病时躺在小屋的床上，床和玻璃窗紧挨着。淡蓝色的墙壁，玻璃窗嵌在墙壁上，窗台上放着一个罐头瓶子。光线有点儿暗，可外屋蓝色大门的上方是一扇窄窄的玻璃窗，那些阳光透过窗户射进来，偏偏都落在这玻璃瓶子上。于是，山楂罐头愈加闪闪发光。浅红色带麻点儿的山楂就躺在里面，被染红的山楂糖水慵懒地躺在瓶子里。你晃动瓶子，它就缓缓地移动一点点，我怎么能不咽下口水啊！

我随时等着我姥说："飞啊，这儿有个山楂罐头，你快帮姥吃点儿，姥吃不完。"那样，我就会飞快地跑到厨房，拿一柄不锈钢长柄勺子，赶快去糖水罐头里搅上一搅，然后掏出一颗山楂，放在嘴里，快速咬开，等着被酸和甜点燃，享受一下。

我常住在我姥家，受我姥和姥爷的照顾。我姥和姥爷在世的时候，一定是经常深深后悔，为了他们为我妈订下的这门亲事，看着我妈操劳半生，丝毫看不到过舒坦日子的希望。我姥和姥爷对我非常好，不知道这是不是一种变相的弥补。家里的姨和舅也对我非常好，一定是为了帮助我妈。我并不缺少人爱我——真正地爱我。不论是省城买的最时髦的衣服，还是孩子间非常流行的玩具，我都有。

我的父母却从来没机会休息，除了种菜、上班，他们还干过很多营生，只要能赚钱，他们就从不吝惜自己的时间和气力。他们一心要两个女儿过更好的日子，虽然他们并不知道这个愿望要如何达成。

很幸运，他们的女儿们平安健康地长大，带着对他们的那份责任长大。我和妹妹比他们幸运得多，虽然没有他们勤劳，却终于过上了体面的日子。事实上，我们一家人都不曾放弃过努力——为了过更好日子的努力。

我姥爷和姥相继去世了。在他们走后，五十岁出头的父母搬到北京定居，远离曾经留下的一切烙印，过上了年轻时从没敢幻想过的日子。城里的亲戚，再也不会有人看低他们，再也没有人同情他们了。

人世苍茫，小人物的命运永远和大环境息息相关。种田为生的我爸，早在城市化的改革大潮中改换成了城里户口。他也在纷繁复杂的企业改革后，开始领退休金。我妈的工资卡数额不多，可每年都在涨。

命运开始眷顾他们。对他们来说，年轻时候受过的苦已被稀释了，只是我担心这些苦藏在他们的身体里，早晚要一点点透出来。

现在回到北京父母家，如是冬天，他们一定还是会提前买了糖葫芦，放在冰箱里，等我吃。有两次，他们忘记买了，我有点儿不高兴。他们还是会套上棉衣，走在北方冷飕飕的街上，去最近的美廉美超市买上几串糖葫芦。

遇到邻居问，我爸会说："我家老大回来了，她爱吃糖葫芦。"

虽然有草莓、香蕉、猕猴桃的糖葫芦，但我仍旧最爱吃最朴素的山楂糖葫芦。每次按家里人头算，八个人，买八支，通常到我离家时却还没吃完。

我四十岁了，还是喜欢吃父母给我买的糖葫芦，只是不想忘记那么一点儿甜。

酒心巧克力和糖果

时光退回到三十年前，十岁的我，认为全世界最好吃的东西就是酒心巧克力——哈尔滨秋林百货产的酒心巧克力。

哈尔滨的亲戚来看望我姥和姥爷，每次都会为我和妹妹带两盒巧克力。我姥家的孙辈这么多人，为什么只有我们有呢？一是我们住得离我姥家近，二是我姥最疼我，三是不是为了我妈呢？

所有的亲戚中，论相貌、头脑，我妈都算是最好的，可她却是亲友中唯一没有正式工作，又嫁给了种地农民的。上山下乡，返城待业，下岗，这些事情，她都遇上了。对她的女儿，亲戚们有种特殊的关爱。

在我老家，是没有秋林酒心巧克力这个好东西的，只有哈尔滨有，省城哈尔滨是一个金光闪闪的地方，就连哈尔滨来的亲戚，我都觉得金光闪闪。

第一次被酒心巧克力击中，大约是个冬天。傍晚，哈尔滨的亲戚来我家，送了巧克力。亲戚大约是二姥爷家里的舅舅，是我妈的堂弟。他亲亲热热地陪我妈讲话。我妈在厨房忙碌，舅站在门口，有一搭，没一搭的。舅不打算在我家吃晚饭，讲了几句话就去我姥家了，我姥在等他吃晚饭，那边不只是饭食更好，更丰富，还有热闹的一大家子等舅开饭呢。舅一走，我也终于可以拆开礼物了。

昏黄的灯光下，巧克力盒盖一掀开，一种甜香就钻出来了。一整排小酒瓶出现在眼前，我好像打开了全新的世界。我的眼睛一定都被点亮了。

不太记得糖盒子是什么样了。长条盒子一打开，十块做成酒瓶子样子的巧克力就在里面，不仅形状是酒瓶子的样子，也用锡箔纸和塑料纸包装成酒的样子。小瓶子身上写玉泉大曲、竹叶青、葡萄酒……各种酒的名字。

剥开一块放在嘴里，巧克力的苦和微香蔓延开来，含上一会儿，不等你心急地咬碎，巧克力中深埋的糖壳就化开了，一并涌出的是酒心。浓郁的酒的味道，多么神奇的味道啊。

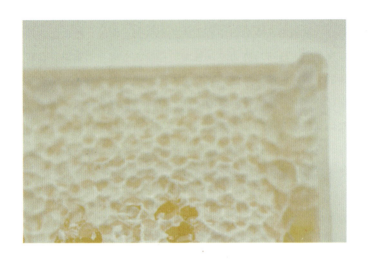

东北人爱喝酒，不论男女都能喝一点儿。不知道是不是这个原因，我被这种带有酒味的巧克力深深地迷住了。也可能是平日好吃的零食太少了，这点儿混杂着酒味、苦味的甜显得尤为珍贵。吃完了糖，糖纸都要保留着，平平整整地压在厚厚的书里——比如《水浒传》。就算过了很久，糖纸上还是有巧克力糖的甜香气味。

我特别喜欢哈尔滨的亲戚。除了他们来，大约只有一次，我妈去哈尔滨参加单位的活动，才买了酒心巧克力给我，同时还有很多大虾酥糖。

家里有个很破旧的小袋子，里面放满了一分、五分、一毛、五毛的纸币，是属于我和妹妹的财产。那时候物价低，冰砖五分钱，雪糕一毛钱，听到外面有人吆喝"卖冰棍了——"，赶快跑出去买两根。有时候随着吆喝声，卖冰棍的人已经走远了，我们要判断下他走了哪条路，然后一路小跑追过去。

大日头下面，全部的世界被明晃晃的光笼罩着。天空瓦蓝瓦蓝，却一丝云也没有。热烘烘的气息从地面蒸腾，炙烤着一切。只有那几棵老榆树，密密匝匝的树叶子，噼噼啪啪地摆动，像在扇走燥热的风，只有树荫下有点儿凉意。

跑了一头汗，追上卖冰棍的，掏出一毛钱，买了两根棒冰，一根给我，一根给妹妹。回去的路上却舍不得吃。可没几步路，冰棍就开始融化了，冰棍纸轻轻一撕就掉了。赶快去舔流下来的糖水，有时候动作太慢，走回家棒冰已经融化得差不多了。

路边是大鸣大放盛开的花朵，路边人家门口的波斯菊、金盏花、凤仙花、美人蕉，我们土话叫扫帚梅、臭菊子、芨芨草，美人蕉好像还是叫美人蕉。红的血红，黄的娇黄，就算是小花小朵也开得盛到极时，串串红、土豆花、大烟花（虞美人）都站在大日头下晃晃悠悠。平时，我会去摆弄它们，摘个花瓣，薅个草叶,或者就是蹲在旁边看看蚂蚁,逮个叫绿豆娘的好看的蜻蜓。可是拿棒冰的时候,我真是一点儿都没空,没时间理会它们。就算飞来了蓝色的蜻蜓,也不行。我没时间啊,我的棒冰要融化了啊!

大热天里,吃上一口最土的白糖棒冰,又甜又凉的感觉瞬间击中全身心。那种幸福感,仿佛是拥有全世界。

我家里有个长方形的铁皮饼干桶,一般情况下,这个桶里都会装着零食。我妈每个月发工资后,一定会去综合商店里买一饼干盒的点心。小饼干、炉果儿、桃酥、江米条、绿豆糕、大白兔、话梅、橘子糖……一饼干盒子装完,不管啥时候吃完,想吃还要等一个月。

有时候,饼干盒子空了,我和妹妹就倒扣下盒子,把里面的饼干渣倒出来,吃个干干净净,然后就要问我妈了:"啥时候开工资啊?"后来,姨也工作了。姨总在关照我和妹妹,所以每次开工资,她也会买很多零食放在我的饼干盒子里。

现在想起来,那些零食粗陋,谈不上美味。炉果儿永远硬硬干干,咬一口感觉牙齿都要硌掉,吃的时候更像是小老鼠,嘎吱嘎吱，咬得吃力。好在炉果儿在口腔里翻滚时，总是甜的，还带着一种烤面粉的香味。绿豆糕就别提了，永远是噎到嗓子眼儿，不喝点儿水都吃不下去。绿豆糕这种东西，还是要像我姥那样吃，碎渣渣泡水，吃得便利，口感也好。桃酥好像味道最好，芝麻和面粉的香里带着甜，够酥脆，所以买了桃酥的那个月，零食吃得特别快。

再后来，门口的食杂店里小零食也多起来了。巧克力瓦夫、麦丽素是我们特别爱的零食。我们也大起来了，有了自己的零用钱，遇到富裕的时候，是一定要去买的。

东北地远天寒，能吃到的新鲜水果也特别少。苹果、橘子、香蕉、菠萝是比较常见的水果，多是外地运来。本地虽然日照足，黑土地肥沃，却只产沙果、李子、杏。若邻居家的樱桃树还结果，那么我们总能吃到樱桃。这些水果，无一例外地酸，只有沙果能稍微好一点儿，酸中带甜，洗干净一铁皮盆，总能吃上好几个。

小时候，我几乎没吃到过很甜的葡萄。本地产的葡萄，是蓝黑色的，透点儿紫黑，总之是很深的颜色，个头儿不大，比大拇指甲大点儿不多。中秋前后，本地的葡萄上市了。不管你多么兴冲冲地去买葡萄，其结果也是酸，酸得让人下不了口。所以很长时间内我一直认为葡萄就是酸的，直到很多年后我见到了"巨峰"。遇到"玫瑰香"的时候，惊为天人——除了甜，原来葡萄还是有香气的。

除了酸的水果，西瓜、香瓜、西红柿，都是顶甜的。可惜这些只有夏季才有。柿子（西红柿）不仅是蔬菜，也当水果吃。到了柿子熟的季节，去园子里，挑成熟的红色的摘下来，用自来水洗干净，用来蘸白糖吃。有一种柿子永远都长不红，但是绿绿的一样好吃。姨叫它"贼不偷"。这是一种绿柿子，成熟的时候，捏上去有点儿软，表皮有点儿绿黄色。吃起来，和红柿子的口感一样。

到了冬天，除了冻梨、冻柿子，还有冻苹果，因为它比鲜水果更便宜，甚至我们还吃过冻橘子。

毫无例外，这些冰冻水果都很廉价，一般就放在脚下卖。冻梨冻得梆硬，不小心碰到，它骨碌碌滚到冻得瓷实的冰雪覆盖的路面上了。用秤盘子撮起来，像端着一堆小铅球。你真的不要怀疑，一个冻梨甩过来，绝对要出大事的。讲实话，我从来没喜欢吃过这些东西——好凉，好冰，就算在热烘烘的房间里，吃上一个也会冻到心里。

那些廉价、粗糙的食物是我对甜的最初印象，所有的甜都曾温柔地安慰过我，让我在很多的矛盾、不安里，得到一点儿力量。

而今物流发达，在某宝上可以买到一切想要的东西，我怎么会忘记我曾经钟爱的酒心巧克力呢？当快递来的秋林酒心巧克力到手的时候，你知道吗，我特别激动。虽然是一大袋子，不是我印象中的礼盒装，我还是迫不及待地剥开一块放在嘴里。甜还是甜的，只是味道根本不高级嘛。赶快剥开一块给女儿尝尝，她咬开巧克力就直接吐出来了，说是从来没吃过这么怪的巧克力，太难吃了。是啊，女儿的零食永远吃不完，她怎么会喜欢这样的甜呢？

正写着，一个东北小老弟突然送了一份惊喜给我。打开一看，是一盒子东北大米，加上一袋酒心巧克力，名牌写着，是秋林产的。或许每个在东北长大的孩子，都曾有过一个关于酒心巧克力的甜蜜记忆。

只是而今，它们并不能让我们幸福了。

拔丝地瓜和锅包肉

壮实彪悍的东北人，很可能内心都住着一个"小公举"。为什么这么说？东北人爱吃甜食。金链子大哥，带着穿貂的剥蒜小妹儿在烧烤店里撸串，很可能会突然对服务员说，给哥茶水里加点儿糖。

这个糖就是白糖。没错，在东北，人们喜欢往茶水里放白糖。喝的茶也是红茶混着茉莉花的居多。尽管不讲究茶道、茶艺，可茉莉花这种浓郁的香气似乎是少不了的，同时，还有糖。

东北菜重油、重味、重盐，也离不开甜和酸。至于很多人说东北人爱吃辣椒，其实马马虎虎吧，也能吃，未必特别爱。东北人泼辣，食物的味道厚重，层次却也丰富，不过主打的层次是"香"。很多年前我根本不知道"鲜"是什么味道，味蕾被养得异常迟钝，主要是被各种油而香又咸的菜遮住了味觉。

但是甜，是我们都爱吃的一种口味。

东北人爱吃凉拌菜，就算数九寒天也要吃家常凉菜。家常凉菜一定要酸甜口的，凉拌萝卜丝也是糖醋一起拌的。醋熘白菜、番茄炒卷心菜算不算甜的？东北人的酒席大菜锅包肉、拔丝地瓜、熘肉段、酥黄菜都是裹着糖的。

大菜当然只有在过年过节或婚丧嫁娶的酒席才吃得到。锅包肉、拔丝地瓜基本每个人都爱，大约是深藏于东北人童年的甜蜜记忆。

可是能够制作这两道菜的技术却并不家常。在我家，我姨和舅妈很擅长。每次年节，家里二十多口人聚到一起，她们一定为孩子们做上一大盆。这两个菜的特点都是过油，以及炒糖，对油温、炒糖的技术都要求极高，这两样技术决定这肉是不是外脆里嫩，或这糖丝是不是能拉得出。但凡这两道菜出场，必定是喜庆和团圆的日子，平日里是轻易吃不到的。可这样的日子一年才有几次？大约就是吃的次数少，所以这两道菜尤为珍贵。

我小时候的印象里我爸会煮饭，但是煮得不多。大约是日子辛苦，也没有力气突破或者追求，美味根本不值一提。在父母年轻的那些日子里，灰扑扑的生活，就像始终走在严冬里，路远而寒冷，根本望不见尽头。

孩子要读书，家里开销也大，我爸去租很多别人的地来种。每一寸土地，都生长着赚钱的希望。可菜是真的卖不上价钱，尽管一车车地拉给蔬菜贩子，也只能得到几张轻飘飘的毛票。夏季里，我爸去菜场贩卖蔬菜。我妈是不愿意去的，最初是怕遇到单位里的同事；后来是种植的蔬菜太多，只能拉去批发市场。

菜场也有菜霸，要从这些辛苦营生的人手里榨出点儿什么，除了强买强卖，还会要卖菜的人买一顶他们出售的帽子，虽然钱并不很多，可是也要几麻袋的蔬菜换啊。

每次看到我爸戴着一顶帽子回来，我都有点儿义愤填膺。可我爸从来不觉得苦，也不觉得被压榨，一切都顺理成章，非常自然，好像生活与生俱来就是要带一点点的苦。

草根出身的人，很难得到生而为人该得到的尊严。靠自己的力气，吃自己的饭，却并不能得到体面。所有的尊严都要靠自己去努力争取，不让人看低，只有拼命地干活儿，赚钱，只有靠孩子长大也许会有改变的微茫希望。

我们一家人应该是幸运的。我毕业没几年，我和妹妹用手里仅有的一点儿钱，在北京郊区按揭了一套很小的房子。那是一套

长在莲藕田边儿、面对养牛场的小房子，也是当时我们唯一买
得起的小房子。这个小房子让我的父母终于有了安身之所。

这十年，我们国家的变化特别大。养牛场、莲藕地早就迁走
了，陆续而来的是两条新建的地铁线，京郊房价也以火箭速度

飞涨，卫星城渐渐养成。在京郊的中国最大的两个经济适用房住宅区里，生活着无数的"我爸我妈"，这些身份各异的老人来自全国各地，突然有一天他们成了新首都人——从田地里，从机关里，从各行各业的岗位上闲下来的新首都人。

我的父母居然没有半分钟的不适，迅速地展开了新生活。我妈参加社区文艺会演队伍，也在奥运会时做过志愿者，和小区的老人们游遍各个景点是她最喜欢的事情。每逢佳节，都是文艺队表演的日子。会演之前的大排练，让我妈特别忙碌，按她的话说：每天都过得很充实。

年轻时候没有穿过的衣裙、年轻时没有来得及得到的欢乐，她在一一享受。虽然穿着长到脚踝的连衣裙以及黑色高跟鞋的老太太去市场买菜有点儿违和，可是我又怎么能笑话她呢？

我爸忙碌半生，终于有时间好好地过日子了，迅速在新家里添置了鱼缸、鸟笼和花盆，甚至养起了蝈蝈。除此外，认识了一堆球友，在小区活动室打乒乓球。打球让他有了新的组织，也有了新的伙伴，虽然伙伴年龄差距很大，有二十多岁的教练，也有七十多岁的大哥。他们一起练球，聚餐，购买打球装备，甚至木工出身的老大哥为他们亲手改造球拍。总之，他的事情排得很满，根本不需要女儿们操心他是否生活得不习惯。

生活的转变，唤醒了深藏于他们体内的种种活力。远离生活的艰辛和劳累，让我爸突然成了烹饪高手，他做的菜不输给饭店里的大厨。每次我们回家，他必煮一大桌饭菜，锅包肉、拔丝地瓜对他来说都是小菜一碟。猪肘子、大肠、猪蹄、猪肚、鸡爪、鸭掌、牛肉、羊肉……样样都能卤，件件都会料理。

我爸也喜欢去外面吃，他口味还是东北口味，所以川菜特别对他的脾胃。每次他吃到喜欢的新菜，一定会回家复制，就算是他不吃的羊肉，也能爆炒得和饭店里的一样。除了他喜欢吃的菜，他还会做我们喜欢吃的菜，尤其是为了两个外孙女，烹饪甜食是必须有的手艺。和他相比，一贯手脚勤快的我妈渐渐被赶出厨房，原因是煮菜味道太差。

需要过油的锅包肉、拔丝地瓜已从酒席大菜沦为家常菜，因为他们有足够的时间来烹饪，也有足够的油可以浪费。吱啦啦的里脊肉在油锅里翻滚的时候，两个外孙女就在客厅里翘首期盼了。地瓜可以油炸，苹果、香蕉、山楂、花生也可以同样处置。

里脊肉炸到恰到好处，捞出来。加胡萝卜丝、香菜叶、姜丝，加糖、酱油、醋炒上一炒，甜味、香味，一丢丢辛辣味融在酱醋汁儿里，哗啦一声盖在炸好的肉里，全家人翘首期盼，拿着筷子，马上都眉开眼笑了，顾不得烫，赶快来上一口。外酥里嫩，酸甜可口。

不管是苹果、香蕉还是地瓜，只有裹上糖丝那一刻，才能真正升华成为一道菜。每次我爸把这道菜放在桌上，马上就要倒上一碗凉白开。一桌子的筷子都在拔丝地瓜里，有人忙着拉糖丝，有人忙着拍照，有人迫不及待地品尝甜蜜。这道菜最大的意义，就是那时那刻的喜乐。

除了生活场景的改变，我的草根父母依旧沿袭坚韧、勤奋、自强、善良、正直等我不吝赞美的品质，以及旧有的生活习惯，比如爱惜物品。他们的新家里依旧挂着十五年前的窗帘，铺着二十年前的床单，枕着结婚时别人送来的枕头外套……以前的物品真够牢固，经过了这些年，竟然依然能够使用，而且将继续使用。

对旧有物品的依恋是精神上的需要吧。他们沿袭他们的脚步，很多事我无法感同身受，哪怕买再多的床品四件套、窗帘都没有用。喜欢旧物大抵是与旧生活的唯一牵绊。还有旧日菜肴的味道，在很多苦里的那一点儿甜的滋味，那一刻美满的烟火气。

锅包肉、拔丝地瓜都是有点儿烹饪难度的，我好像没这个天分。不过，这两年我终于会做一两道女儿喜欢吃的菜了。有一道拿手菜很甜，是女儿尤为喜欢的。可乐排骨的烹饪技巧几乎为零，像我这样不下厨的人，也能烹饪。做得出和做得好吃是两回事，我的确经过了很多次尝试，最终让排骨变得软，变得甜，变得让孩子喜欢吃。其中过程略微曲折，那些焦掉的排骨、烧黑的锅子都可以证明。苦练这道菜，我是有私心的。我希望很多年以后，我女儿也会提起妈妈的拿手菜，提起这道甜甜的菜肴。这是我传递给她的信息，关于父母的爱，都在这道菜里。

感谢那些甜。

土 地 之 上

我喜欢风俗的那一种为人所恪守的仪式感，
我喜欢风俗那种说不清道不明的神秘色彩。

文/许志华

清 明

四月二日，人在海宁马桥村。打了围墙的小小的村公墓在一片
田野中。车子拐入往公墓去的只容一辆车单行的小路，在公墓
门口约二十米处靠边停车。下车，一片红色的樟叶飘落身前，

抬头，樟木已换了一身有些宽松的新衣裳。樟木不是不落叶，樟木只是把光阴暗换。

入了公墓，一排排墙列的灵龛找过去，找到妻子太爷爷的墓，我的老丈人用一块准备好的湿布把蒙尘的大理石牌位擦净。妻子拿出祭品，菜齐备，但忘了拿酒杯，以空碗代。有风，春风猛烈，点蜡烛点到打火机发烫。终于点上，白发老丈人持装菜的塑料箱的盖蹲护之。倒酒，肃立，祭拜，春风里烧纸钱，燃得极快！

老丈人在公墓门口遇到本地熟人，照例寒暄几句。妻带雀跃的女儿去西边一片油菜花田里拍照，我在东边的樟树下，看近处一片留有灰黄的稻茬胡子的空田。一群麻雀在稻茬胡中觅食，落下又飞起，飞起又落下，说是飞，那几乎是贴着稻茬子飞，似乎它们在驱赶虫子？还是老麻雀带小麻雀在举行一种庄严的"成雀仪式"？空田那边亦是一片金黄的菜花，菜花后面是影影绰绰的梨花和桃花。

午餐的菜是先祭过了祖先的。有清明粿，有咸鸭蛋。时令的菜有春笋咸肉，有河蚌烧腌芥菜，味极鲜美。另有一盘鱼腥草拌香菜，也是鲜嫩的春滋味。老豆腐有怀念的味道。烧老的鱼有旧时光的味道，还是白切的黄皮厚脂白肉的线鸡最勾引味蕾，用鲜酱油拌了辣椒酱蘸了吃，味蕾上先是"落霞与孤鹜齐飞"，后面完全是弥漫着酒香的丰足的田园况味。

午后，妻拎了一张竹椅子坐在房前清理新割的本地红皮大蒜。每次回海宁，从杭州退休的二老总要让我们带了菜回去。一把剪去根须的大蒜放在阳光照到的空椅子上，白处温润，绿处是沉着。我看日光下的大蒜，学摄影的心又动了。

我想和你谈谈清明时马桥田里的老作物和新作物。老作物主要是小麦和油菜，还有桑。据我的观察，马桥是钱塘江外一片沃土。这里宜种稻，宜种麦、油菜和桑麻。这里是杭嘉湖平原的一部分。这里是四月的江南。从前，你到田里去，可以看到连片的麦子，四月是麦子抽穗的时节，风吹麦田，风里有清新的麦草香。麦田里的阳光带着甜丝丝的味。油菜花连片地种在河边，开花时节，河岸边的水是鲜黄的光带，如灿烂的霓虹。油菜花也种在宽阔的田间路上，你在田间路上走，遇到油菜拦住去路，问你接头的暗号，你只好向他举起一根开花的荠菜，然后，小心翼翼地贴着路的边缘，沾了一身油菜花粉继续向前。还有桑，桑树上有很多的疤痕，桑树抽出的新枝上有很多黄嫩嫩的新叶。关于桑树，我可以说很多，比如养蚕宝宝的桑叶，比如乌紫的桑果，比如桑木做的陀螺，晒干的桑木柴火在灶肚里燃出香味。本地的桑林中间，还常种油菜、芥菜，这是土地的恩典，也是农民的智慧。新的作物，主要是经济作物，果木有刚进入花期的梨树和水蜜桃，还有一种是种在蔬菜大棚里的鲜蔬。如果鱼塘里的鱼也算作物，本地还是有很多鱼塘和甲鱼塘的。

妻的父母住的是村里集中规划的自建房，房子的西面还有很多农民开辟的菜地。那里也是我极愿意去消磨时光的地方。人在菜地里，放低身体，就可以看到一小片迷人的"乡野"，那是猫狗欢喜出没的地方。那里地的形态是多样的，有隆起，有凹陷，有曲折，有平坦，有翻过的地，有盖了薄膜的地，有搭了豌豆架子的地，有一条开满了蓝色婆婆纳和通泉草花的田绳路。有很多开花的菜：开白花的萝卜，开紫花的豌豆，开黄花的蒿菜，开淡白色带黑点花的蚕豆，有粗壮的葱顶上气味鲜辣的白色葱球。有白蝴蝶翩跹，有蜜蜂在附近的菜花丛里嗡嗡，而小麻雀，飞出了曲线和坡度，喳喳叽叽地颂赞春光。我蹲在菜地里，如同回到乡野的孩子，回到有外婆在的乡野，回到有父亲在的乡野。但我，真正能回去的是我妻子正在剥蒜的阳光下的乡村庭院。

下午，妻理好了带回家去的菜，陪丈母娘去十里之外一家养鸡场买一个大石臼。她想给她的外甥女在度夏的时候养一池荷花香。这一年的春天，马桥还在加速城市化，在去往养鸡场的路上，在新建的厂子与厂子之间的空地上还能看见挥金如土的油菜花。江南之为江南，大抵是因为有如此富裕和挥霍不尽的春色。当我顺着一片一片油菜的指引到达养鸡场，总有一些闲置的水缸和钵头迎候我在空地上、角落里，而此起彼落的鸡鸣声又把我闲置的耳朵扯进了童年。

乌米饭

立夏将至，菜场里有苋菜上市了，菜场里有嫩蚕豆上市了，菜场里有小笋卖。菜场里也有卖小菜的人在高声吆喝着卖半筐乌米叶。

装在一只竹筐里的鲜绿的乌米叶（中间也夹杂红色的嫩叶），不是乌桕叶，也不是枫叶，是杜鹃花科的南烛叶，吾乡人叫它乌米饭叶。若是凭肉眼看，怎么也看不出叶子里含有紫色的浆液。那些买菜的城里主妇，又有几个知道它的用途？就算知道它是做乌米饭的原料，又有谁会专门花心思去做乌米饭呢？即使做了乌米饭，还能不能做出让人留恋的味道？

从前，每逢立夏前几日，吾乡吾土的人几乎家家户户都要做一点儿乌米饭。做乌米饭的原料也就是乌米叶，有些是从集市上买的，有些是从几十里外的山上专门采来的。乌米饭的做法，第一步是把乌米叶洗净阴干，然后将它做搓揉处理或捣烂；第二步是将搓揉过或捣烂的乌米叶煮成浓郁的汤汁；最后一步就是用乌米叶汁在柴灶上煮糯米饭。我姆妈说，用乌米叶汁直接煮糯米饭比先用乌米叶汁浸糯米一晚上再煮要来得入味。

记得小时候姆妈对我说过：吃了乌米饭，拔秧种田乌蚊虫弗要叮弗要咬。若你是个北方人，我要这样告诉你，立夏一过，田亩纵横、河港交错的江南就是蚊子的天下了，凡是人能到的地方都有小妖似的蚊子挂着嗡嗡嗡的腰牌在那里巡天巡地，巡日巡夜……吃了乌米饭，蚊子不叮咬，好比乌米饭的香气在各个种田人的身体里做了不得叮咬的记号，但实际上乌蚊子才不会买乌米饭的账，虽然乌蚊子和乌米饭两个都姓乌，或许五百年前是一家。如果说这个人也不能叮，那个人也不能咬，那估计闷闷不乐的蚊子们都会得抑郁症的。就像《西游记》里的妖精遇到唐僧，乌蚊子一经闻到埋在你血管里的血的香气，仿佛嗅见了令时光停止的爱情，哪有不猛啜一口的道理，盲目而勇敢的雌蚊子是奋不顾身也要叮牢你的。

立夏将至，到住在乡下的姆妈那里去，吃一碗有草木清香的乌米饭。到姆妈那里去做一回小孩子，吃一碗身体健朗的姆妈做的甜甜糯糯的乌米饭。这是有家可归的人才有的幸福吧。

立夏将至，吾乡吾土之人家家户户用乌米叶汁煮乌米饭。这是不易的风俗。从前我不知道乌米饭原来叫青粳饭或阿弥饭，或说乌米饭是一种滋补身体、祭祀祖先的食品，也有人说和战国时期的军事家孙膑有关……我喜欢风俗的那一种为人所恪守的仪式感，我喜欢风俗那种说不清道不明的神秘色彩。当母亲把一小碗撒了白糖的乌米饭递到早已四体不勤的我的手上，我拿起筷子，下筷前却有片刻的恍惚：从前在田里劳作的农民乌子、挥汗如雨的人，被白花花的烈日曝晒成一粒粒油亮的乌米饭。

给阿爸过老酒的马兰头

坐在车后座的读小学的女儿，眼睛那么尖，手那么快，捉住了我向来乌黑的头发中牧养的那根白发。这根稀有的白头发，是想故乡春天的野菜滋味想白的吧！这根灵异的、喜爱啾啾嘶鸣的白发此刻在发什么愣，竟然如此轻易地被那个没心肝的女孩给捉住了？

如果我的没心肝女孩和我在同一个年代出生，让她是我命里该有的比我小五岁的妹妹。我很愿意带她去老房子猪棚后面肥沃的阴凉处，去六号浦对岸高墩上人家那棵很大的皂角树下，去方圆四五里内有白鹭飞落的田间地头，去螃蜞洞多得像星星的孔洞的江滩边挑马兰头。

我的梳小辫的妹妹拖了矮矮的鼻涕，我的鼻涕妹小脸红红的，她蹲在我身旁，很认真地在草丛里扒拉，很认真地挑了很像马兰头但其实不是的一棵草，她还很认真地问我："阿哥，格（这）根是不是马兰头？"

而我会很耐烦地拿过来装作看一看，说："格根草叶子蛮像，藕脚（下面）一截颜色不对，不是吼！"我会带她到那条水井沟边上，去冬不知谁盖了一层稻草的地方，拨开霉烂了的稻草，找到那一小蓬又长又嫩的马兰头，到伊话（和她说）："妹妹，侬剪格一蓬。"而她的两匹鼻涕不知怎么不见了，就像天上的一朵云，抬头不知去了哪里。

我的姆妈和伊格两个小人坐在门口屋檐下，姆妈头上一根白头发也寻不出。竹篮在一边，剪刀在一边，三颗爱染虱子的头亲密地凑在一起，他们在拣真的和嫩的马兰头。姆妈拎了一只新竹篮去桥埠头，姆妈回来，被春阳晒成青白色的泥地上，沾了马兰头香的密密的水点马蹄踏出一条通往旧时光的湿润的路……

姆妈在布满刀痕的旧砧板上用阿爸从城里买回来的不锈钢菜刀，沙沙沙地切马兰头，姆妈的半张脸被斜进木格窗的日光照亮了。

我的没心肝女孩在我乌黑的头发间重重一拔，一根浓白的记忆的鬃毛一下子把我驮回到童年的灶间：热腾腾的灶台上有一碗暗绿色嵌了豆干丁的，给骑锃亮的永久牌自行车从城里下班回来的、头上生有一点儿癞痢的健壮如山的阿爸过老酒喝的马兰头。

芥腌菜、土步鱼和清明螺蛳

昨日下午下班经过去年造的便民桥，见桥栏上晒了一排青青的芥菜。那芥菜跟我童年的比实在太单薄纤弱了。矮小的梳长辫的乡村女人把菜园里割来的高大繁密的芥菜用泥笪挑到桥埠头，在落了春雨的桥埠头里洗了，把湿答答的芥菜挑回家去，晒在菜园的篱笆上，晒在晒衣服的竹架上。晒干了，就拿两张长骨牌凳并放一起，搁上一块夜里常有沿沿鲁爬上去的旧砧板，把芥菜细细切碎。把切碎的芥菜在空酒瓮里一层菜一层盐用菜脚压实腌起来。待菜园里冬种的菜吃光，新的菜还没有上来，女人就从瓮里掏出翠翠绿绿的一碗嘎（芥）腌菜，蒸啊，炒鸡肚里啊，滚豆腐啊，氽鱼汤啊，给一点点香油，就无所不美。

想吃土步鱼。想赶到临平，赶到后脑勺就是上塘河的"花儿"家去吃红烧的带子十步鱼，但只是想想罢了。只是看到她上的图，又做了咽口水、养唾生津的事。又想起小时候，油菜花开的时节，大河满了，小河满了，池塘满了，油菜花田的深沟里满满的水，老板鲫鱼抢上来的时候，沟里也来了几条文静的土步鱼。赤脚在冰凉的水沟里捉鱼，鲫鱼游走时沟里晃动一片波纹，土步鱼却不懂逃难。印象中，二三寸长的土步鱼长相实在不好看，但好捉，摸来也不惊。

肉质细嫩的土步鱼可蒸，可煮，可煎，是三月一道时鲜。清代文学家袁枚在《随园食单》中写过："杭州以土步鱼为上品……肉最松嫩。煎之，煮之，蒸之俱可。加腌芥作汤，作羹，尤鲜。"我不知道腌芥是不是我外婆做的那种噶腌菜，但我吃过用一点点香油的噶腌菜滚土步鱼，那时还没有味精，菜鲜和河鲜两种鲜还有粗盐的鲜融合在一碗鱼汤里，那才当得一个"鲜"字。鲜倒眉毛胡子，鲜死人不偿命。

"清明螺，抵只鹅"，一颗螺蛳过一碗老酒的拗貌爹（音diǎ），双手反背，走出家门，走在月光下，晃晃悠悠，像一只从螺蛳壳里荡出来的大鹅。小老头儿拗貌爹仙去多年了。关于螺蛳我又能说什么？

小时候我家吃的螺蛳是自愿爬到放进水里的棕叶上的，十几片棕叶，正面反面，将练吸壁功的青壳螺蛳全取下，总有浅浅一大碗，姆妈用大剪刀剪了脆脆的螺蛳屁股，在柴灶烧饭锅子的

饭隔上蒸起来。饭烧好，木锅盖里的修炼的蒸气化水，螺蛳碗里就多了很多清汤，撒上一撮粗盐，撒上几片葱花，热气腾腾地在灶台上搁一搁，再上饭桌。清明前的螺蛳壳子里还未生小螺蛳，而且蒸的螺蛳不用担心嗍不出来，随便轻轻一嗍，就嗍出上青下白、带点儿螺旋的肥壮清鲜的螺蛳肉。柴灶上的清蒸螺蛳是最好吃的，杭帮菜有上汤螺蛳近似，但总不及我小时候吃的那种只放盐和葱花的清水养大的螺蛳来得本味。说起来，清蒸螺蛳最宜过老酒，清清爽爽，嗍一颗汤螺蛳，抿一口酒，门前雨下着，桃花开着，夹住螺蛳的筷子遥遥对着一座青山。

一碗螺蛳壳，洗碗的人似没处倒，唰的一声，倒进桥埠下的水里。吃过饭用抹布粗粗擦过的方桌子板缝里还有只躲起迷藏的螺蛳的靥。

蛳壳上有只靥，水缸上有只靥，酒缸上有只靥，屋顶是一只遮风挡雨的靥，老家是一只漫上心头的青壳螺蛳，过几日是清明，我想回老家去找个靥。

锅 巴

小时候经常往外婆的厨房跑。喜欢灶火的噼啪，喜欢悬在灶台上方的那些蒸笼格和锅盖之间弥漫的烟气和热气。喜欢在暖热的厨房里闻刚刚做好的饭菜的香。后来，外婆给了我一份小差事，等饭将好的时候，让我站到灶台前的小凳上帮她听饭。

一只土灶如果灵的话，烧饭就很快。往灶肚里塞几把干稻草，或干毛豆梗，再用两三根稍粗一点儿的柴棒架起一烧，不一会儿，大帽子似的木锅盖就像传说的仙岛一样烟雾缭绕。再过一会儿，等锅子里水收了，新米胀成油光光胖鼓鼓的饭粒，贴锅的米饭受了热火的煎熬开始轻轻地弹跳。起先是一两个饭粒毕剥、毕剥，后来锅盖下面整个铁锅里都是毕剥毕剥的声音，此起彼伏的毕剥声中释放出越来越多的香。这渐渐浓起来的香就是能飘出房子很远的锅巴的香。

"饭爆哒"，我侧着耳朵立在灶台前的矮凳上向外婆报告。坐在灶底里的外婆应一声"哦"，接下去她就不往灶肚里添柴了，如果灶肚里的柴火太旺，视情况而定，外婆会用两个指头的铁火叉往外拨出几根，让灶膛里的温度快降下来，从火的高音降到火的中音，再降到火的低音，其间可以听到大锅盖的穹顶下饭星星们持续如天籁的交响。

待最后一个毕剥声消失，光线暗淡的厨房迎来万籁俱寂的时刻。灶肚里的火将将好熄灭了，锅盖山风烟俱净。而在饭锅里面，贴着锅底的那一层米饭已完成从米饭向锅巴的嬗变：一群雪白的米鹤翅膀连着翅膀，飞向远方的芳草甸；一群米鹤翅膀连着翅膀，在漫漫长夜里飞成了金灿灿的锅巴黎明。

柔软的米饭成了糙硬的锅巴。纯真可爱的儿童成了坚忍耐烦的汉子。一副雪白的好牙还在旧时光里咯吱咯吱咀嚼，时间还在不停地向前奔跑。

手脚麻利的外婆掀开锅盖，端出菜碗，撤掉菜格，开始抢锅巴。她先用抢刀把半锅米饭抢进饭淘箩，留下半锅热饭，然后贴着锅沿儿，三抢二抢，抢下粘在锅铁上的锅巴。外婆放下抢刀，左手先在温温的汤罐水里浸一下，然后麻利地捉起一片锅巴放在掌上，右手快速抓一撮蒸过的老干菜放进锅巴，再抓一小撮盐，左手接着一抓一握，三下两下就捏成了一个圆圆的小锅巴团。锅巴团刚到我手上还很烫，还要在我的两手间蹦跳几下才可以捉住。捉住了就赶紧送到嘴边咬一口。很多年过去了，记忆的味蕾上还留着那干菜锅巴的脆和香，还有咸（音hán）松松的盐的味道。

锅巴抢抢更好吃。小时候生活在大家庭里，每次吃饭前，大家都来抢锅巴吃，锅巴少得不够分哪!

我小时候，有天下午和外婆去邻居家串门。那家老婆婆很客气，她从闷着的锅盖下取出一个锅巴团，塞到外婆手里说："侬乞侬乞，我格牙齿跌光吥……"

我小时候，喜欢帮外婆听饭，是为了吃到一块香喷喷的锅巴。

今晚，想锅巴而睡，睡在高架路旁不肯歇落的车声里。今晚有月亮，淡淡的黄，是一个散发着柔光的锅巴团。

想起来了，我们袁浦的方言，锅巴叫作镬苔。想起来了，我站在灶台前的矮凳上闭着眼睛听饭。

故乡的腌菜

这点儿念想儿可能是咸的味道，
是泪水的味道，
是能生出气力的味道。

文/肖于

在东北，谁家咸菜腌得好，也能证明谁家日子过得好。为啥
呢？一年有半年冬天，没有新鲜蔬菜的日子，吃啥？漫长的冬
季可吃的蔬菜实在不多，地窖里储存几百斤的白菜、土豆、青
萝卜、胡萝卜新鲜蔬菜，夏季晒了十几斤豆角干、茄子干、黄
瓜干等干菜，寡淡的味道就算配了猪肉、猪大骨也不够提气，
如果没有腌菜佐餐，真没啥吃头，咋过冬呢？

腌菜都有啥？酸菜、咸黄瓜、蒜茄子、辣白菜、萝卜干，还有糖蒜。

糖 蒜

糖蒜有两个口味，一种是咸口的咸蒜，长得一身酱油黑；一种是酸甜口的糖蒜，棕黄色、半透明。

糖蒜好不好吃呢？刚腌好的糖蒜可以当零食吃。

腌糖蒜的坛子都不大，就是那种鼓肚子粗陶坛子，四五十厘米高，里面能塞个两百头。糖蒜刚腌的时候，不够入味，还有点儿生蒜的味道，要过上两个星期才觉出鲜甜咸。

糖蒜坛子放在室外，坛口盖个铝皮的小盆子。太阳尽管晒着，小雨也偶尔淋着，糖蒜在里面一天天变得好吃了。

有天，感觉时候差不多了，姥打开了坛子，拿着一个小盆，想捞几头糖蒜给大家尝尝。刚腌好的糖蒜味道最好，蒜的辣味已经消解在糖醋汁里了，正是酸甜适口，不仅大人爱吃这口新鲜劲儿，小孩儿也超级爱。

姥麻利地揭开铁皮盆，揭开封好的纱布口，一坛子糖蒜居然没几个了。不用问，一定是表弟干的。没来得及逃跑的表弟被抓住，屁股上挨了几个巴掌，一点儿都不冤。咋那么嘴馋呢，咋不想想别人呢，真气人。

表弟其实从来不缺嘴儿，是一大群表兄妹中家里条件最好的。表弟皮得很，胃口也出奇地大。他什么都爱吃，什么都抢着吃。有一次，表弟跟着姨回姥家，姨带着孝敬姥爷的香蕉、苹果（三十年前的东北，水果品种非常少，新鲜水果已经很高档了）。姨高高兴兴地把水果放在茶几上，姥爷就瞟了一眼。我在床边坐着，看到一大袋水果，在旁边暗暗吞了下口水，表弟却贼溜溜地朝我笑。

没一会儿，房间里没了大人，表弟猴子似的拎了水果袋子飞一般跑出去了。我没跟去，转过一间房，找大人去告状了。姨一边大骂着"小兔崽子"，一边穿上鞋跑出去找儿子。

表弟跑到门口，过了马路，到下坎儿的玉米地里，吃了一袋子香蕉，吃不光的分给了邻居孩子。表弟被拧着耳朵领回家，挨了一顿骂，他是不在乎，可惜了，我一口没吃到。

物质条件最好、模样最帅气的表弟是姥家里唯一不爱读书的孩子。姥的十一个孙辈的孩子中，表弟读书最少。长大后，表弟却是我们中最有钱的人，他开了家政公司、珠宝店，组了装修队……比起读书去他乡打拼的我们，他的日子过得非常安逸。

幼时，我熟悉的故乡是全国的重工业基地，姥生了九个孩子，除了早早过世的一位，还剩下八个孩子。八个孩子都成家了，家中人都在铁路、钢厂、纺织厂、水泥厂上班。那时候，围绕厂子生活的一家人过着充满秩序的生活——谈不上多么好的生活，可是踏实、有安全感。

到了 20 世纪 90 年代末，重工业失去支撑，大厂纷纷瓦解，年富力强的父辈难以避免下岗的局面。有些车间每个人分两麻袋大米，然后就解散了；有些车间给每个人分了一块地，让技术工人们土里去刨食；还有些人原本家底就不富裕，一下岗只能四处打零工，原本低人一等的种田的爸因为承包了几十亩地，吸引了很多工人来帮忙。下岗工人的人力很便宜，一天十元。他们活儿干得不好，因为不会做农田的劳动，一切对他们来说，都要从头学起。好在，这并不难。

家里的日子越来越紧巴，下岗后变不出更多的钱。我们还小，在长身体，也需要读书。除了操持家计，闲时打打小麻将，家里的女人们就只是监督孩子学习。姥家的人就信一条，只有学习好才能离开东北，只有离开东北才能过上更广阔的日子。

在父辈们下了岗，艰难地度过了近十年的光阴后，我们陆续长大了。姥的十一个孙辈孩子，只有表弟和二表哥留在了故乡。

走出的孩子也和我一样经常想念故乡，想念故乡的吃食。在经济不太好的那些年，廉价的糖蒜、腌菜、自制的山楂酱都曾很好地抚慰过我们的味蕾。

腌糖蒜的时候，一定是初秋。

就那么几天，赶快买了嫩蒜丢到坛子里。市场上的嫩蒜也很俏，你去晚了，就买不到了；买不到了，那么今冬，你去谁家要糖蒜吃呢？

嫩蒜上市的那几天，邻居路上见面，打招呼都是："你家买蒜了没？"对方回应"买了"或者"没呢，正要去市场呢！"家家如此，很少有人不腌的。

马上入冬了，新鲜蔬菜少，没有腌菜的佐餐，顿顿白菜、土豆的，吃的什么味道？想想都惨！

8月中旬以后，早晚开始冷了，可中午还是热得很，太阳明晃晃的，照得水泥地面上一片白花花的光。只有风吹来，你才知道，秋天到了，风吹来了一阵阵凉意。

嫩蒜俏生生，蒜皮也是嫩的，不像平时的大蒜头那样有干干巴巴的皮。把嫩蒜身上的老皮撕掉，把白生生的蒜头在清水里洗干净，然后泡上一天，去去辣味。

泡蒜头用的是洗衣服的铁皮盆，也给小孩子洗澡。北方的四方院子里，把自来水的胶皮管子接在龙头上，对着铁皮盆猛冲一会儿，再狠狠刷洗几下。注上水，一头头雪白的嫩蒜扔进去，泡上一夜的澡。

转到第二天，天气好像也更凉了，洗干净的蒜该进坛子了。咸蒜就只放酱油、盐、一点点糖，糖蒜要放糖、醋、盐。爱吃糖蒜的，一定是两种口味各来一坛。也有懒的，直接腌个混合口味，糖醋口儿咸蒜，三斤醋一斤酱油再加白糖。总之，主妇们说了，没那么严格，想咋腌就咋腌，好吃就行，腌好的蒜家家味道不一样。

腌蒜在坛子里，站在菜园子边上，或是放在楼道的阴凉地。从愣头青的辣蒜头一点点变得柔软、温润，变成大人孩子都爱吃的味道。天气一天天冷下去了，腌蒜也一天天美味了。

入冬了，平房的人家里烧了火墙、烧了锅炉，烧上炕，楼房的人家也开始集体取暖了，屋外死冷寒天，屋子里却热乎乎的。穿着棉袄、棉裤、棉鞋，戴着棉帽子、棉手套，拉开大门。铁皮门把儿上冻着一层白霜，楼道灰突突的墙壁上也是白霜，一开门，一团白气涌出来，你趁机进门，很担心那团白气瞬间冻住，砸到脚面上。

进屋脱掉外衣，坐到饭桌前开始吃饭。一大锅白菜猪肉炖粉条，外加点儿酱菜，一碟蒜茄子，一碟糖蒜，一碟腌黄瓜，咸香甜全有了，热乎乎的白菜汤淋到碗里，保准吃上两碗饭。

你说腌黄瓜好吃吗？这说起来就厉害了。

屋外菜园子里落了雪，腌蒜的坛子站在雪地里。坛子身上姥缝的棉花垫子，严严实实盖着坛子。雪落在上面，坛子里却干干净净。拿了捞咸菜的大勺子，先敲下坛子里的碎冰碴子，再捞蒜。这时蒜要去坛子底捞了，入秋以来吃得差不多了，蒜也泡软了，不脆生，腌得太老了。可腌蒜的汤汁不会浪费，吃透了蒜头味道的汤汁最是好吃，主妇早就把咸菜缸里的黄瓜扔进去了。冻得蔫巴的咸黄瓜，浸在糖醋汁里，只消过上几天，就老好吃了。

酸 菜

我姨总说我妈腌的酸菜好吃。其实我觉得是她懒，她不想腌，又想吃，所以忽悠我妈每年多腌酸菜，到了冬天，她两手一伸，就来拿了。有时候，她不好意思白吃，就说："三姐，今年我买点儿白菜放你家吧。"

我妈懒得理她，白菜值几个钱，自己妹妹，为了她冬天有得吃，也要多腌点儿。我妈说："给你腌出来了。"这话到了我姨的耳朵里，她心里就舒坦多了。

我家的酸菜缸很大，一米多高，直径差不多六十厘米，就放在厨房的墙角。那个墙角，到了冬天每天都结着白霜，晶莹剔透，长着菱形的霜刺，咋咋呼呼的。霜花从墙上抠下来，一到手心，很快就融化了。平房里最冷的地方是厨房墙角，虽然灶台很热，可墙角还是不行。

气温太热，酸菜要坏掉；气温也不能太冷，太冷没法儿发酵，会腌不好。酸菜缸放在墙角刚刚好。

酸菜缸面前对着灶，看着火焰舔着灶头，不煮饭的灶头就坐着一个铁皮水壶。水壶底烧得墨墨黑，一层的烟灰垢。水成天烧着，呼噜呼噜的，水壶嘴儿里成天喷着白气，厨房弄得到处都是白烟儿，有水汽，也有墙壁里反出的凉气，水汽遇到冷冰冰的墙角，就结成了霜花。厨房的玻璃窗，早就里外都结了厚厚的冰霜，白色的霜。我爱用手抠，抠下一大块冰花，攥在手里，凉凉的。

要问为什么水壶天天烧开着，咋不去灌暖水瓶呢？水瓶早就灌满了，但是火墙子、暖气片要二十四小时地烧着，要不然屋子里的人多冷啊。

外面的人都说我妈过日子仔细。能不仔细吗？家里两个姑娘要养，负担重呢。我妈仔细，所以我妈腌酸菜、腌咸菜都做得好。不为别的，省钱，大冬天里细菜买得少，多数吃腌菜、储存菜、干菜。啥是细菜？就是夏天里稀烂贱的黄瓜、辣椒、西红柿、豆角……家家院子里种得满棚满架，吃都吃不光，扔都没人捡。

可到了冬天，这些菜身价倍增，只有暖棚里种植的。大棚种植的蔬菜金贵，不讲农村人卖力不卖力了，力气又不值钱！可维持暖棚要烧煤，要把暖棚外面盖上厚厚一层棉被，老大老大的棉被，这些都要花钱。伺候暖棚里的菜是个辛苦事，稍微懒一懒，菜就冻坏了，冻死了。你之前花的所有暖棚费用和力气，都白瞎了。零下20℃到零下30℃的北方，想在冬天吃点儿细菜，多难啊！细菜贵，很正常。

细菜偶尔才能吃，虽然比猪肉价格都贵。每次孩子嘴馋了，或者家里来客人了，总要去买一点儿。买一根黄瓜吧，加上家里的白菜、干豆腐、胡萝卜、粉丝，做个家常凉菜，人人爱吃，也算吃了细菜了。要不然，就只能等，等到大夏天，再吃个够。

10月底，开始储存白菜了。白菜从来不是金贵的菜，却是家家户户都离不开的好东西。大量上市的白菜，被农村人赶着马车、开着拖拉机送进城里，你交了钱，他几百斤白菜、土豆、大萝卜帮你送回来，有菜窖的放菜窖里，没菜窖的放仓房里。也有懒的，我姨家有时就放院子里，到了下大雪的冬天，吃白菜要从雪堆里刨出来，白菜冻了，就不好吃了，咋整呢？来我家拿呗。

我妈腌酸菜是一件大事，虽然和我没啥关系。我每天跑来跑去地玩，不像贴心的姑娘那样帮父母做家务。我妈腌酸菜，我只是站在旁边看，就连搭把手的便宜事都没干过。

我没觉得腌菜是个辛苦事，仿佛是个好玩的事情，这是入冬前的仪式，热热闹闹的。

我妈的手常干活儿，青筋暴出，却厚大，沾了泥土的湿漉漉的手，一棵白菜一棵白菜地检阅。去掉碰坏的叶子，放在院子里的大水缸里洗干净。七八百斤的白菜都要过过手，用了多少时间呢？我不记得了。我只记得太阳很大，阳光晒在身上很舒服。我妈在院子里的水泥地上，一棵棵洗白菜。

院子里的大水缸用处很大。夏天里自来水接满，太阳底下晒得热乎乎的，下班的、下田的回来，站在院子里的水泥路面上，用一个大盆舀上温乎乎的水，洗手，洗脸，洗脚丫子。狂放一点儿的男人，直接从脖子淋下来，洗得爽气，为了卫生，也为了凉快。入秋腌酸菜了，大水缸开始了新的使命。洗好白菜，它就变成了酸菜缸。

洗干净的白菜晾晒干，用开水烫蔫巴了，再一棵一棵码到水缸里。这样，一百多棵白菜才能不占地方，才码得下。一边码一边撒盐。盐是大粒盐，对这点我记得特别清楚。大粒盐像颜色暗沉的冰糖，不过比冰糖块儿小。也许是大粒盐便宜，或是腌酸菜只能用大粒盐，总之盐和白菜按程序放到缸里，最后一道工序是石头。不知道每家的酸菜缸里压的石头都是哪里寻的，不大不小，平平整整，刚好压住缸口的白菜，压得实实成成。

酸菜好不好吃，看主妇的手艺，也看天气。今年你家媳妇太勤快了，早早腌上了酸菜，谁知道天气有点儿回暖，不往缸里加盐就担心酸菜臭了，加盐多了味道就不行了。这肯定会被人嘲笑，大姐大妈都会笑话你。有经验的主妇很少会犯这种错误。

硬挺挺、脆生生的白菜帮子，绿莹莹、俏生生的白菜叶子，在大缸里只管浸着，你也不用去管。快入冬了，好多事情要做。劈柈子，拣干巴的柴，一捆捆弄好，码在仓房里，冬天引柴火用。煤也要去买几吨，今年的煤不知道啥价格。外面的天儿，是一天一个样，个把星期，北风吹过来，就打哆嗦了，就连棉门帘都要找出来了。

风一天天地凉了，日头一天天地弱了，酸菜缸里开始冒泡了，绿白菜变得软了，颜色也越来越黄，直到菜帮儿半透明。

一个月以后，腌过的白菜就能上桌了。那时，白菜完成了惊人的蜕变，就连名字也改了。稀烂贱的白菜现在叫酸菜，懒媳妇做不好酸菜的，要去娘家、姐家、好说话的邻居大娘家要酸菜。酸菜是金贵的，尤其是腌得好吃的酸菜。去住楼房的亲戚家串门子，带啥都多余，带点儿酸菜吧，主人家肯定高兴。

一缸酸菜能吃到来年三四月份。

酸菜切细丝，配上切得透明的五花肉，再加上一把东北粉条子，油都不用放，咕嘟咕嘟一煮，就是最好吃的汆白肉了。汆白肉酸菜爽口，也不拘放多少肉，肉放多了，砸几瓣蒜放点儿酱油，肉片蘸着吃；肉放得不多，融在汤里，汤鲜得很呢，略带酸味，肉也绝对不腻人，就算不爱吃肉的我，都能吃上好多片。

酸菜切细丝，和粉条、五花肉一起炒也是最家常的做法，这叫酸菜粉。

酸菜是最普通的过冬菜，最家常的做法就这两种。冬季里几天不吃，就有点儿想了。一点儿微酸，让味蕾噌地打开了，和储存的寡淡蔬菜有了最大的区别。

酸菜还有其他吃法吗？

我妈每次切酸菜，都会把酸菜芯儿直接挑出来给我和妹妹吃。不煮熟，就这么直接吃，好吃吗？我不记得酸菜芯儿味道怎么样了，我妈给的，肯定是她觉得最好吃的东西了。

过年前，湖南卫视《天天向上》有一期节目讲冬天的储菜，也讲到酸菜。哈尔滨的一位嘉宾说，店里有道新菜式，是把酸菜芯拿出来，蘸白糖吃。我没法儿想象那是什么味道，专门微信去问还在老家的表弟，表弟说："姐，好像有些饭店那么吃，我没吃过，还是家常做法好吃。"

不管世道怎么变，现在物流空前发达，东北冬天不以储菜为主了，可根植于幼时的滋味怎么也不会变，也许那些菜式根本不够美味，却依旧让人魂牵梦绕。滴水成冰的冬天，窗外是纷飞的鹅毛大雪，屋里暖意融融，一家人围在炕上的饭桌前，一盆酸菜汤就是最好的味道。

离开故乡，二十多年了，你问我想不想家？每年冬天我都找个东北菜馆吃一次氽白肉，要不然，怎么算过冬呢？

酱

很多个明晃晃的夏天，姥叫我："飞啊，帮姥干点儿活儿吧。"
我在园子里捉蝴蝶，或是抓蜻蜓，也可能在看草叶子上的瓢
虫，听到这话马上答应一句，就去帮姥干活儿了。这活儿，我
爱干，抢着干，姥知道。她最疼我。

酱缸上放着尖角的铁皮"帽子"，把它摘下来，然后是我姥洗
得雪白的纱布罩儿，用橡皮筋箍在缸上。铁"帽子"放在水泥
地上，纱布罩儿放在铁帽子上，我开始捣酱。酱缸里放了个木
头的酱杵子。木头柄加一个小长方块木板，它叫酱杵子。

酱缸里的酱很安静，一动不动。一打开，就有一种咸鲜的酱的
味道扑出来。酱杵子捣酱要上下翻，把下面的酱翻到上面来，
上面的酱是接触了空气的暗棕色，下面的酱是黄色的。捣酱就
是把下层的酱捣上来。我两只手握在木柄上，把酱缸翻个乱
七八糟。翻腾一会儿，我就厌了，跑去玩了。姥继续捣酱。捣
酱的意义在哪里，我并不知道。

有时候，雨来得很快。这种时候，我也会很机灵地赶快去盖酱缸。酱缸被雨淋了，酱就要长蛆，那就不能吃了。

酱有多重要？东北人的餐桌根本离不了。吃饭时，姥会叫我："飞啊，去帮姥剥两根葱。"我一边答应着，一边跑到园子里的菜地剥了两根葱，在推开绿色的纱门进屋之前，在门口的水缸里舀出了水，洗了手也冲洗了葱。水缸里的水被太阳晒得温乎乎，真舒服。

姥每次都骂我死心眼儿："让你剥两根，就剥两根啊？不够吃啊！"

然后我再出去，从土里拔了小葱进来。

小葱、香菜、生菜、小辣椒、黄瓜，都是菜园子里摘来的，鲜灵灵、水灵灵、脆生生。姥把菜洗得干干净净，码在盘里，一家人都上桌了，当然要吃蘸酱菜。

从酱缸里盛出的酱也能吃，可是不够味道。姥家饭桌上的酱都炸过，有时是蘑菇酱，有时是鸡蛋辣椒酱、肉末酱，这三种酱，百吃不厌。

蘑菇酱就是蘑菇肉末炒了放酱炸。蘑菇要选小蘑菇，大拇指指甲大小的。很多蘑菇是姥带我去松树林里采的。我还太小，有时，我会走不动。姥带我采蘑菇做伴，我很爱去，但姥也哄着我，总在蘑菇筐里带一点儿点心——一块绿豆糕、一块槽子糕、一块炉果儿，点心是姨孝敬姥的。

有几次，没到松树林儿，我就走不动了，姥叫住赶马车的农村大爷，让他们捎我们一段。不管认识不认识，见老太太带个小女孩儿，都会豪爽地让我们上车。我想，我一定在车上睡着过。

风不冷，阳光也不晒，天蓝，云低，马车走得晃晃悠悠的，那么好的日子。小时候我觉得日子好长，未来好远，一切都望不到边，却没想过，日子过得飞快，一转眼就是三十年后的今天了，也是到了现在我才发现，那些时刻太过珍贵，珍贵得我不敢去想，不敢再想。

姥说我眼睛尖，总能见到蘑菇。我一听表扬话，干得更起劲了，松树趟子，厚厚的松针盖着，树根底下常常有蘑菇。我采够了蘑菇，就坐在松树下面吃点心，姥一个人手脚麻利，战利品够多了，我们就回家了。

我再也吃不到那么好吃的蘑菇酱了，姥去世十年了。她在，故乡就是我最想回去的地方；她在，不管多远，我每年都要穿越大半个中国的距离回去看她，只是看她。

最后的四年里，她瘫在床上，瘦得像个孩子，就连坐在轮椅上去外面转转都不行了。家里雇了一个勤快细心的阿姨伺候她，姥的八个孩子分了组，轮流每天来陪她。她爱吃肉，每天都要抽支烟。从我记事起，她就一直抽最便宜的烟，以前用烟叶子卷烟，我经常帮她，后来是最便宜的葡萄牌香烟，一直到她八十六岁离开人世。

最后一次回家看她，姥的脑袋糊涂了，她却记得我。她说，姥老了，不能动了，但是你生个孩子，姥就在床上给你搂着，不让她掉到地下去。

她的白内障越来越严重，看不清楚我了，我在一边眼泪哗哗地流着，握着她干枯的手，她也不知道。

如果她知道，她会说："飞啊，别哭，人总会老、会死的啊。"姥不愿意看到我受委屈，不愿意看到我难过，不管什么时候。

两个月后，她没等到我生个孩子给她看看，就走了。咽气的时候，我爸妈都在她身边。我没有参加姥的葬礼，我在两千多公里以外的地方打电话回去，我哭得稀里哗啦，二表哥说："飞啊，我们不能那么自私，让看着那么明白事理、手脚麻利、爱干净的老人，过着大小便不能自理、让人照顾的日子。"

我对自己说，不能再想她了，早该放她走，让她过自由的日子吧。

姥走的那年冬天，在东北生活了五十多年的父母，也彻底离开了老家，定居他乡，开始了新的生活。姥没了，我们好像失去了留在老家的理由。

家里的酱要吃一整年，夏天吃，冬天也吃。炸酱面也是个好东西，夏天里豆角、茄子、小辣椒，冬天里的大白菜，不拘什么食材，放上酱，味道就厚了，拌在面条里，谁都能吃一大碗。

我还想提下鸡蛋焖子。鸡蛋搅好，放点儿葱花，和酱搅在一起。小辣椒切圆圈，放在酱里。放在笼屉上蒸。蒸熟的鸡蛋焖子有点儿难看，我说像呕吐物，姥说我又要挨打了。其实，她一巴掌都没动过我。鸡蛋焖子好吃，没菜的时候，就着白馒头、白米饭，都可以。

还有一种吃法，是菜包饭。生菜叶子、白菜叶子都可以，刚蒸好的二米饭（就是小米和大米一起蒸）拌上鸡蛋酱，放上黄瓜条、撕碎的小葱、香菜，用菜叶子包住。咬上一口，咸、香、鲜甜的菜叶子，再加上一点点小葱的辣、辣椒的辣、黄瓜的清爽，好吃。吃菜包饭，特别没有吃相。不张大嘴巴根本塞不下去。满嘴的饭菜，没法儿说话。大家都闷头儿吃。眼见着，盘子里的蔬菜、锅里的米饭都吃光了。吃菜包饭，特别费饭。

最近一次回故乡，是六年前了。商场里的美食街，也有菜包饭。酱有很多口味，眼花缭乱，我认不出来，除了家常菜蔬，还有婆婆丁等野菜。最大的变化是，包饭里有了土豆泥、花生脆、白芝麻。我买了一份，一定是好吃的，可是怎么也比不上多年前的那些日子，和姥一起摘了菜园子里的菜蔬，一大家子人围在小桌前热热闹闹地吃。

咸 菜

食物匮乏的年代，尤其又没有冷藏新鲜菜蔬的方法，咸菜算是一个伟大的发明吧。不腐坏，携带方便，能补充盐分、维生素，一点点就能下饭。重要的是在没有新鲜蔬菜的时候能吃到蔬菜。

在东北，很多人离不开咸菜，没一小碟咸菜下饭，总觉得不够味道。

早几十万年，东北是水草丰美、森林密布、阳光充沛的地方，那些埋在地下的煤炭，那些现在涌动的温泉，那些猛犸象、恐龙的化石都是明证，那时候的东北"土著"——恐龙整年里都有新鲜叶子吃吧。

早在七千年前，我的老家就有人类活动、居住。刀耕火种的年代，据说那时起，人们也种粮食了，东北有人生活的历史比我们想象的更久。

以前的东北被称为蛮夷之地，在那里生活的通古斯血统的少数民族土著被汉人称为女真、突厥、高句丽、鞑靼……总之，没有什么好听的名字。东北土著们曾在苦寒气候、恶劣的环境里过着较为艰难的日子，靠渔猎、靠游牧维持生活，其实也可以理解为过着饥一顿饱一顿的日子。

到了金朝，通古斯血统的少数民族势力强大，淮河以北都是他们的地盘。随着逐渐汉化，他们的生活也发生了很多改变。

距今约一千年前，宋徽宗宣和六年（公元 1124 年），北宋派使臣许亢宗奉命使金。许到了东北，金人接待使款待他，据《宣和乙巳奉使金国行程录》介绍："是晚，酒五行，进饭，用粟，钞以匕；别置粥一盂，钞一小杓，与饭同下。好研芥子，和醋伴肉食，心血脏瀹羹，芼以韭菜，秽污不可向口，虏人嗜之……"那时，许亢宗还在河北地界，离现在的东北还有段距离，他语气不咋好听，称金人为"虏人"，讲的饭食也较粗鄙，小米混狗血、内脏、韭菜，共食。在他的记录中，金人的饮食习惯确实有点儿让人不能接受。

再后来，许行至咸州，也就是铁岭附近，又记载：胡法，饮酒食肉不随盏下，俟酒毕，随粥饭一发致前，铺满几案。地少羊，唯猪、鹿、兔、雁。馒头、炊饼、白熟、胡饼之类，最重油煮。面食以蜜涂拌，名曰"茶食"，非厚意不设。以极肥猪肉或脂润切大片一小盘子，虚装架起，间插青葱三数茎，名曰"肉盘子"，非大宴不设，人各携以归舍。

野味、粥饭、包子、烧饼、炸馒头片、肥猪肉，虽说做法粗放，可也可口多了，且已是很隆重的"非厚意不设"。那时，馄饨、饺子、肉油饼、灌浆馒头都已普及，甚至于水果也开始种植。此外，乳制品也是金人重要的食品。

许亢宗在东北的见闻里，也记载过吃到了好吃的东西。他记录了金人赠鱼做羹，味甚珍。

马扩《茅斋自叙》记载，他在金朝，阿骨打宴请酋长，除了野味、鱼虾、家畜，还有"列以齑韭、野蒜、长瓜，皆盐渍者"。咸蒜、腌韭菜花、咸黄瓜都是当地的过冬菜。金代诗人赵秉文《松糕》诗中，有"辽阳富冬菹"之句，这里"冬菹"二字就是指酸菜。所谓咸菜的历史比我们想象的更久。

我们家不是地道的东北人，我们是"闯关东"的后代。

东北土著努尔哈赤的子民进入山海关以后，关内就被死死地封锁了。清朝人死死守护长白山龙脉，有很大程度是为了人参——可以换成雪花银的人参。

三百多年前，第一批闯关东的移民陆续突破大清的层层封锁，穿过柳条沟，历尽千难万险来到了东北。遇到饥馑年份，为了活命，山东、河南、河北、山西等地人更是不惜性命地朝东北来，清廷根本无法阻挡。直到民国，闯关东一直存在，个别年份，一年就有上百万的人进入山海关。"闯关东"是中国历史及世界历史上迁徙人数最多的移民运动，"闯关东"总人数达三千多万人。

那时的东北人迹罕至，人烟稀少，沼泽湿地、平原、森林，是熊瞎子、傻狍子、野狼、东北虎、梅花鹿的地盘。闯关东的人能活下去，不仅凭借胆量、勇气，还有命数。很多人没来得及到东北，就过世了。即便到了东北，也要与恶劣的气候、野兽、土匪等不可预知的灾难对抗。能活下来的人可能是体力、智力、运气上都比较好的人。

这批人里有我的祖辈。

在我的印象里，东北人，尤其是老一辈东北人的口音种类非常多。有人终生都讲河北话、山东话、山西话、河南话。大量的汉人到达了东北，势必对东北产生了深远的影响。

这样扯有点儿远了，说回到咸菜。对咸菜印象这么深刻，大约是因为我是吃咸菜长大的吧。以前的人不讲究，生活也过得粗陋，被生计折腾的大人们，不那么讲究营养。早上大米粥配咸菜，是惯常的吃法。有段时间，我妈三班倒，我爸好像也没怎么费心给我煮饭。我买了五袋中萃方便面，留着饿的时候吃。可是不会烧开水，温水泡不好面。最后还是泡饭配咸菜解决。

咸菜味咸，家里吃的咸菜却不止是咸一个味道。为了在漫长的冬季能吃得有点儿滋味，主妇们也是动足了脑筋。

辣白菜，你不要和我提韩国，这明明就是一道最普通的北方咸菜。当然，在东北生活着非常多的朝鲜族人、回族人、满族人，也有鄂伦春等人数更少的民族，汉人最多，在长期的社会生产活动和生活中，早就互相影响了，很难说辣白菜到底是谁发明的。

腌辣白菜当然要用辣椒末、大蒜末、姜末、食盐等常用的配料，还需要切两三个苹果、鸭梨。所有的东西切成碎末混在一起，把大白菜叶翻开，把粉末一片一片擦上去，白菜涂上一层作料放到缸里发酵。辣白菜，蒜味、辣椒味、水果味混合一起，味道酸、甜、辣，层次也够丰富。

蒜茄子和辣白菜的功夫差不多。市场买来中等个头儿的茄子，先在阴凉处晾一下，茄子皮有点儿皱的时候，上锅蒸熟。这个时候，切蒜、辣椒、香菜，放盐拌好，茄子晾凉以后，撕成两半，涂上作料，一层一层码好，放在坛子里。到了没有茄子的季节，这道蒜茄子可以安慰你。

除了这些菜，不论萝卜、胡萝卜、豇豆、黄瓜、芥菜疙瘩都可以洗净放到盐水坛子里，一起腌。吃的时候，从冰冷的腌菜缸里捞出来，切成细条。咸菜太咸，放到水里多过几次，把咸味去掉一些。滤干水分，热油浇到花椒、大料、辣椒面上，再加一点儿糖、一些醋，切瓣儿蒜拌在一起，就可以吃了。

也有些独辟蹊径的咸菜做法，貌似更好吃。我姨常做一道醋拌芥菜丝。芥菜疙瘩切细丝，放很多醋泡着，吃的时候放点儿白芝麻，酸咸脆，爽口得很，下饭、下酒都是良配。

舅妈做的萝卜干咸菜好吃。咸萝卜控干水分，萝卜变得皱皱巴巴，切成萝卜丁，放点儿熟青豆、花生，糖醋酱油花椒油淋上，够味儿。

咸菜不仅佐餐，很多时候还是主菜，比如榨菜丝炒肉末。最早吃榨菜丝肉末是三十年前，那时退休的姥爷去南方做生意，去的地方非常遥远，乘火车也要一周才能到。每次出门，姥都要用肉末炒上榨菜丝，然后装在糖水罐头的瓶子里。每次，我都眼巴巴吃上几口，觉得姥爷可真有口福啊。到了南方，不知道这罐头瓶子里的榨菜肉末吃完没有。

姥爷贩卖的是橘子。他从桂林拉上一火车厢橘子，然后自己跟着货车回到东北。咣当咣当的货车行进途中，是不是很寂寞？毕竟货车是没有车窗的，乌黑黑的车厢里和几吨橘子睡在一起的姥爷，靠什么打发时间呢？那一罐子的榨菜炒肉末大约能为他找到一点儿家的滋味吧。每次姥爷押着一火车皮货物从南方返回家里，我都会去找那个罐头瓶子，果然，榨菜丝肉末都吃光了。

这之后，家里会堆满橘子，整筐橘子堆到屋顶。橘子酸甜，橘子皮也是。晒干的橘子皮清甜里带一点点苦。家里整天都是这些味道。

家的味道到底是什么样呢？哪里又是家呢？

我爷爷是闯关东第几代呢？他是在内蒙古的满洲里出生的河北人，爷爷一辈子都是河北口音，并不会讲东北话。爷爷是河北沧县人吗？小时候看过武侠小说，一直记得爷爷祖籍和《雪山飞狐》里的大侠胡一刀一样。

等到我爸来东北定居，是乘火车来的，那时他还只有几岁。爸爸来的那条铁路，是在一百年前修建的，修铁路时有四千多苏联人在我故乡生活，列巴店、喇嘛台、俱乐部、火车站，那些百年前建的石头建筑，现在还在。后来日本人来了，铁路修得更多更快，还建了日本房子和炮楼。

和我爷一起来东北的还有我的独臂二爷——爷爷的弟弟。我小时候，二爷死于肺结核。很多年后，我才知道，二爷被迫当过日本人的卫兵，失掉的手臂是抗日军打掉的。至于为什么去做日本人的卫兵，却是一言难尽。这段往事，从没有人提起，也不敢让任何人知道。"汉奸"两个字始终是耻辱的，哪怕二爷只是个看门卫兵，他从来没有做过坏事。

我见过奶奶的照片，她在我父母结识前就去世了，也是死于肺结核。

姥爷也是河北人，河北献县邵家庄人士，何时来东北我不知道。姥是辽宁海城人，镶白旗，不知道她算不算东北土著。据姥说，她是汉人，满人跑马圈地，她及家人都成了镶白旗满人。满人的高头大马跑上一圈，去到的地方都归他们所有，直到停下来。姥就这么成了满人，但是她说她是正宗汉人。

姥爷是最早的铁路工人，技术工种——电工。记事起，姥爷就是个瘸子，走路一拐一拐的。姥爷二十多岁时，出了工伤，被电线杆压坏腿。年轻的姥爷住在医院里，姥带着刚出生没多久的女儿去医院里照顾他。姥在姥爷的贴身行李里面发现了一本证书，唬得魂飞魄散。那时离新中国成立还有三年，那是一本中共党员证。

老人们已过世很多年，我常想，我到底算哪里人？论血统，我算是个中原人吧？讲血统却很蠢，历史上无数次的征战、掠夺、圈地、迁徙所成就的民族大融合，汉人、胡人、女真、匈奴……血统早就混过无数次了，哪里还有什么中原人？我生在东北，长在东北，我吃着粗糙的东北菜长大，我算是东北人吗？

现在的橘子也没以前的味道好，我也不馋榨菜丝肉末了。我还是记得家乡菜的味道，聊以怀念，在我生命中不需要负担责任、最轻松的那几年的时光，有爱我的人，有随意挥霍的日子。成年的我毫不犹豫地离开东北，到四季都有新鲜菜蔬的城市生活，未曾想过回头，大约闯关东的中原人后代骨子里都是薄情的。只是，人世苍茫，终究还有一个魂牵梦萦的地方，我们叫它——故乡。哪怕回不去，也总在心底念想。

对我，这点儿念想儿可能是咸的味道，是泪水的味道，是能生出气力的味道，是从古至今一代代人，为了活下去，为了活得更好，曾咀嚼过的别离的味道。

番茄鸡蛋

同样是番茄蛋汤,
我生命里这两个最爱我的男人,
做出来的却是完全不一样的。

文/水水

看到杭帮菜掌门人胡忠英在《朗读者》里提起自己曾每天给女儿做早餐,就算是一道番茄炒蛋也有讲究,会把番茄放在油里用小火煸得红油出来,我不禁会心一笑。

番茄炒蛋,这不正是我家郑先生——我女儿的爸爸最拿手的一道菜,也是我女儿最百吃不厌的一道菜吗?

这一点，女儿完全没有遗传我，我原本是有点儿讨厌吃番茄炒蛋的。

1

番茄，对于我来说，还停留在儿时的味道，一口咬下去是要爆汁的，从来都是水里洗一洗就直接啃着吃了，是比苹果好吃几百倍的水果。

又或者是夏天，把番茄切块，洒上厚厚的糖，搁进冰箱里，等到糖都化成了水，拿出来咕嘟咕嘟地喝下去，酸酸甜甜的，在紫雪糕还是奢侈品的童年，真是消暑的良品。

偶尔夏天吃饭缺碗汤的时候，父母会切一个番茄，敲一个鸡蛋，煮一碗番茄蛋汤，同样是番茄切块，加了糖腌渍出来的水明明那么好喝，和鸡蛋一起煮了的汤，却陡然变得寡淡了。

小的时候，鸡蛋也还是值钱的营养品，煎成荷包蛋，既好看又好吃，还能算是一道荤菜，又何必要拿鸡蛋来炒原本就已经这么好吃的番茄呢？

在我家的餐桌上，以前是没有这道菜的。

当然，也可能是父母做过，我都没有吃，他们就不再做了。

他们可能注意到，我出门下馆子的时候都是拒绝点这道菜的，即使点了，也是不下筷子的。

他们总说我从小就挑食。

小时候，外婆总担心我这般挑食，吃得少，会瘦小，可我长得人高马大的，总被误以为是东北姑娘，工作后，还成了单位同事间出了名的大胃王。

2

但不管是番茄炒蛋，还是番茄蛋汤，仍然不太碰。

直到 2008 年夏天，和郑先生去印度旅行。

印度北部，因为宗教信仰，吃素的多，稍高级些的餐馆才有荤食，但也只有鸡肉。

一次在一个湖边餐厅，看到菜单上有鱼肉，点了，可从天亮等到天黑，鱼肉还没上桌，呼来服务员问难道是鱼还在湖里？原本是我们揶揄的一句话，没想到竟然是真的……服务员为难地说，湖里的鱼现在还不能打捞……所以今天不能做鱼给我们吃了。

还有一次，走进一家打着牛排招牌的餐馆，翻开菜单，却看到牛排已经被划去了。

像我这样无肉不欢，尤其爱吃猪肉的女子，只能每天吃鸡。

当然，有鸡吃已是大幸。

旅行到被称为斋城的普什卡时，连鸡肉都吃不上了。

所谓斋城，就是全城吃素。

那天夜里，郑先生因为清早在火车站的大理石地板上坐等转车

的时候打了个盹儿，风寒入侵，发热躺在床上昏睡，我一个人也不敢走远，就在阳台上张望这个规模不大的按照现在的话说有点儿性冷淡风的小城，高低错落的白房子里，远远地看见一家屋顶，上面挂满了彩灯，夜很深了还亮着，多少有些算是异类。

第二天早上，待睡了一夜的郑先生恢复食欲的时候，我要求一定要寻去这个屋顶看看，我猜想这一定是个屋顶餐厅。

真的被我找到这家餐厅。

真的是异类。

餐厅的一整面蓝色的墙上，大大地写着"供应煎鸡蛋"的英文！

从来没有想过，能吃上煎鸡蛋是这么幸福的事，在这里，看到"egg"这个简单的英文单词，差点儿感动到说不出话来，呼来服务员，两个人都要了双份的煎鸡蛋。

服务员一点儿也不意外，整个餐厅里，都是在吃煎鸡蛋的老外。

3

离开斋城，来到"性爱之城"克久拉霍时，我们已经到印度旅行近二十天。

这座小镇的寺庙群因为布满了惊世骇俗的性爱主题雕刻而闻名于世，连带着街上的小摊贩售卖的旅行纪念品也都是性爱主题的，这是在印度其他地方很难想象的画面，尤其对于是刚刚从斋城过来的人来说。

但比起这些在国内也难得一见的东西，我们更迫切想找到的是攻略上写的克久拉霍的一家中国餐厅，据说餐馆的厨师虽然是印度人，却曾到中国学习过一段时间，会煮中国的汤面。

与无肉不欢的我不同，郑先生是面食爱好者，到印度后，他已经好几次念想着吃一口热腾腾的面汤，默默地流着口水。

我们根据攻略上写的模糊的地点，寻了过去，在非常不显眼的角落，找到了这家很狭小、昏暗的餐馆。

我们去的时候，一个客人都没有，看见我们，老板兼厨师兼服务员的印度小伙子比我们还高兴，递上来菜单的时候，很得意地说菜单是有中文的。

估摸着是会中文的日本人或是台湾同胞给写的菜单，字体很工整，但语序上与我们有些不同。

菜单写了不少，但小伙子很诚实地说，这一道自己不太会做好，那一道缺少材料，看来看去，可以选的就只剩下最最简单的番茄鸡蛋汤面了。

小伙子连连说，这个可以，可以，可以！

于是，就点了这一道，等。

等了五分钟，等了十分钟……

隔了一堵墙的厨房里不断传来印度语的讨论声。

跟着，小伙子出来了，空着两手，来到我们桌前，猫下腰，问："是先放鸡蛋还是先放番茄呢？要放油吗？"

……

我和郑先生默默地对视了一眼，由他用英文跟小伙子传授起他自己也不太确定的番茄炒蛋的做法。

两个人的英文都差了点儿，小伙子听了又问，问了又听，反反复复地确认了好几遍，才重新回了厨房。

过不多久，他又出来，难为情地说，能不能请你们到厨房来做给我看看？

啥？

我们来餐馆吃饭，还要自己下厨？

平时在家几乎不开火的两个人，傻眼了。

还是郑先生站起来说："行吧，我来，免得好好的材料被他给糟蹋了。"

我们尾随小伙子进入厨房，厨房里比餐厅还要昏暗和狭小很多，却挤着好几个印度小伙子，黑暗中清晰地看见几双眼睛闪闪发光地看着我们。

厨房的案板上，番茄、鸡蛋和面倒是准备好了，面还是袋包装的方便面，但中国人常用的油盐酱醋却是不齐备的。

郑先生迟迟下不去手，盯着袋包装的方便面两眼发光，这东西在印度也是第一次见着，他偷偷与我说，好想直接煮方便面来吃。

可那么多双眼睛，热切地等着见证中国的番茄鸡蛋面的诞生，终结他们到底是先放鸡蛋还是先放番茄的争论。

我都忘记后来郑先生是怎么把这面给煮出来的了，我也根本就没看见，因为印度小伙子们紧紧簇拥在他身边，根本没有缝隙留给我了。

只记得最后出炉的番茄鸡蛋面，色香味俱不佳，我们含泪吃完，买单说再见。

小伙子热情地问我们还要在克久拉霍待多久，请我们明天再去试试别的菜，我们连连说明天就走了。

4

不知道是不是因为这次意外的下厨，郑先生对番茄与鸡蛋的料理格外上了心。

有一次聚餐，同学下厨做番茄豆腐蟹煲，郑先生跟我说要去偷师，然后就真的跑去厨房观摩了全程，眼神像极了那个克久拉霍中国餐馆厨房里的印度小伙子，认真得有点儿好笑。

这之后的一天，他突然说要做番茄蛋汤吃。

我自然是拒绝的。

他却一再游说我，一定要试试他做的，是和我以前吃过的不一样的番茄蛋汤。

再拒绝下去，就太不给面子了，只好同意。

我这个人是不会装样子作假的，他去厨房倒腾的时候，我一直在犯愁，自己一会儿至少该喝几口才能不至于让他太伤心失落。

没想到后来是我的父亲有点儿伤心。

因为，他发现，一向拒绝喝他做的番茄蛋汤的女儿，却总是呼噜噜地把女婿做的番茄蛋汤喝个底朝天。

父亲默默伤心了好一阵子，终于忍不住问郑先生他的番茄蛋汤是如何做的。

然后，就如同郑先生当初站在厨房里偷同学的师一般，父亲也在厨房里观摩了郑先生下厨。

同样是番茄蛋汤，我生命里这两个最爱我的男人，做出来的却是完全不一样的。

父亲的番茄蛋汤，也是我以前在餐馆最常见到的番茄蛋汤，番茄数块，蛋花数朵，清汤一碗，当然父亲下得料要足很多，可总还是番茄是番茄，蛋花是蛋花，汤是汤，都在一个碗里却是能分得清楚的。

郑先生的番茄蛋汤，是分不清楚番茄和鸡蛋的，番茄和鸡蛋都被捣碎了炖烂了，缠绵在一起，兜一勺起来，番茄、鸡蛋和汤都一定是有的，不用细嚼，只要呼噜噜地喝就好。

当然，也不是每个人都喜欢这个吃法。

父亲就觉得还是番茄是番茄、蛋花是蛋花的吃法好，只有我去吃饭的时候，才会照着郑先生的做法炖缠绵的番茄蛋汤给我喝。

5

再后来，我的女儿出生。

番茄蛋汤又很久不上桌了。

因为，我的女儿爱吃番茄炒蛋，番茄是番茄、蛋是蛋的番茄炒蛋。

这个时候，我才发现，先放鸡蛋还是先放番茄，这个问题，即使是在我家，也是不同的人会有不同的答案。

我一直以为番茄炒蛋，就应该是先放番茄到油里煸炒出了红汁，再倒入打散了的鸡蛋液，和番茄汁交织在一起凝结成块。

然而，我偶然有次发现，我的婆婆竟是先放鸡蛋。

准确地说，她是先煎了鸡蛋，起了锅晾在一边，再另炒番茄，最后加入煎好的鸡蛋饼一并翻炒一下，所以她做的番茄炒蛋，蛋饼特别薄特别好看，但吃起来没有太多番茄的味道。

再追问郑先生，他也是随婆婆的做法，先放鸡蛋，再放番茄，只不过煎好的鸡蛋并不出锅，而是直接放番茄一同翻炒数下后出锅。

又问了我父亲，也是和婆婆一样的做法。

原来，只有我和我母亲才先放番茄。

母亲这样做时，父亲如果在旁看到了会叨叨这样炒出来的鸡蛋都碎了，但妈妈坚持说先放番茄更好吃，最终两人都没能改变对方的做法。

然而不管是先放鸡蛋还是先放番茄，做出来的番茄炒蛋，都是我女儿的真爱。

真正是学好一道番茄炒蛋，出国旅行都不愁。

在国外，别的蔬菜原料可能买不到，番茄和鸡蛋却是一定买得到。

有大米的地方，就番茄炒蛋配米饭；买不到大米的地方，就改良一下番茄蛋汤煮意面。

郑先生凭这一手，妥妥地搞定女儿的胃，成功兼任了我家厨师长一职。

郑先生虽然中年肿胀，但做饭的时候，即使顺着圆胖的脸颊流下的汗，看起来也总是特别性感。

他的厨艺也远远不能与大师胡忠英比，但那一碗饭菜里对女儿的深爱却是一样的。我的父亲母亲，亦是。

饭团、饺子与油茶

一切最朴实无华的东西，
都是最简单和不加修饰的。

文/小云

饭团

姹紫嫣红的春天刚刚过去，经过青石桥，看见一家寿司店，里边摆着各色各样琳琅满目的寿司，像春天的田野一样赏心悦目，可是价格也跟初春的蔬菜一样昂贵，忽然想，哪有什么美食难倒过我？自己做吧，多么简单的事。

忙忙去超市，慢慢找到三文鱼、鱼子酱、肉松，等等。当然，要做得跟春天一样，得有黄瓜、洋葱、胡萝卜、青椒、火腿肠、紫甘蓝，青红黄紫绿白都有了，一一买回家。

卷寿司是门手艺，松了裹不严，紧了稍不留神就会挤烂海苔皮；切，也是一个手艺活儿，刀要锋利，切的时候得快，不然就不成形了。好吧，剩下的边角碎料，加上点儿碎菜叶、一点儿虾皮子，就是一碗美味的热汤了。一个人在厨房，忙碌半天，一家子的寿司宴，开始了。三文鱼、鱼子酱，老公喜欢；水果沙拉味道的，儿子喜欢；青芥酱，我喜欢，辣且冲。一桌的美色炫目，春天是过去了，可是，家里的春天刚刚开始。

以前曾看过一篇文章，说寿司起源于中国，我想的确是有渊源的。小时候在大理我最爱吃的饭团，现在想来也许是寿司的前身吧。

那时候物质不丰富，肉菜不多，可是有一种饭食，仅仅需要少许盐和两三滴清油，即可成就香喷喷的一餐出来。那是我爷爷揼（dá）的饭团。通常是前一晚的剩饭，爷爷把锅烧热，滴一点点清油入锅，剩米饭倒进去，用木勺翻炒，一边翻炒，一边使劲按压，米饭被压得碎烂并变得黏黏的，很紧实，有时还带有一点儿焦黄的锅巴。爷爷这时撒一点点盐搅拌一下关火，旁边放一盆凉水，爷爷把手用凉水沾湿，因为这时的米饭很烫也很黏，用水可以不至烫伤也不沾手。把紧实的米饭团在手里紧紧裹成圆球形状，中间还按一个凹形，正好夹一点点豆腐乳进去，香极了。童年没有零食吃，爷爷爱做这个安慰我，大理话叫"揸饭团"。只要他把揸好还冒着热气的饭团给我，我接过来就颠过来倒过去忙不过来地啃，那个香和美味啊，萦绕了一整个儿童年，感觉后来世间再无。

童年的记忆怎么感觉都是些吃食？

五月间，山上有种叫卖花村的玫瑰花开了，奶奶要带我上山摘玫瑰花回来做玫瑰糖，爷爷仍然揸几个饭团，裹上豆腐乳，奶奶拿纱布包好。小孩子对点苍山的巍峨深沉无感，我一路上眼瞅着，一路上吃的是山上黄黄的酸甜的山泡果，心里边惦记的是啥时吃爷爷的揸饭团。直到奶奶说："我们休息一下吧。"我赶紧寻块大石头请奶奶先坐下，摘下帽子当扇子给她扇风，奶奶取出饭团给我，我大口大口吞咽，奶奶慈爱地大笑，说我怎么整天饿痨饿虾的。然后她转身扒拉开身边丛丛青草，露出清亮亮的溪水，用随身带着的水壶接了递给我喝，免得我噎着。那时节，阳光透过松树枝，投下斑驳影子，山风烈烈，弥漫着阳光与干草的气息。回忆童年，那种纯正的稻米香和着林间松油的清香，还有爷爷奶奶慈爱无边的面容，只在某些深夜里浮现过，不禁泪下。

几十年如白驹过隙，一晃而过。

试问世间有什么事比吃饭更大、更重要呢？也因此，我成了一个爱做美食的主妇。

儿子爱吃寿司，我却想起阿爷搦的饭团了，于是我仿回忆的旧样给儿子做了吃，没有裹寿司皮，没有加金枪鱼条，没有盖三文鱼片，甚至没有蔬菜条，只是一滴油加一点点盐，配上一碗青菜汤、冬天我自制的豆腐乳，可是，儿子第一次认认真真地说："老妈，这比寿司好吃多了，你怎么想出来的？尤其是外面这层碎锅巴。"我又得意又伤感，说："那是小时候我爷爷最爱给我做的了，是我小时候的味道啊。"

是不是这世上无论是食物还是感情，甚至一碗饭、一个饭团，一切最朴实无华的东西，都是最简单和不加修饰的味道最纯正，却也是世间消失得最快、最容易被人们忘却的？

油茶、面茶、稀豆粉与蛋花儿

女友一笑是巴中人。有一次，她老家朋友带来一包巴中特有的馓子，她如获至宝，招呼我去她家里，要做老家的油茶给我吃。

馓子是一种用面粉做成的、细条状又相连一片、油炸过的面食，貌似全国各地都有，只是味道和粗细不同。一笑用汤圆粉加水慢慢在锅里熬成糊状，她说，本来应该是用米粉的，可是粉碎机打出来的米粉颗粒太粗，做不出老家那种细腻，改良一下吧。然后把葱、姜、蒜切成细丁，加盐，加醋、酱油和花椒粉，最后撒上碎馓子和油炸好的碎花生，一碗喷香的油茶做好了。

乍暖还寒的春季，我们一边喝着暖暖的油茶，一边于清晨的凉风里慢慢啜饮闲聊，忽想起郑板桥语，改一句吧："晨一小包，煮油茶粥，双手捧碗，缩颈而啜之。晨露霜早，得此周身俱暖。"

"这碗油茶好像我们大理的稀豆粉啊。"我说。一笑笑了，说："就是就是，我去你们大理耍的时候，每天早上都要去喝一碗街上的稀豆粉，太像我们巴中的油茶了，所以今天特意喊你过来尝一尝的。这个馓子就不给你了，太少了。"

然后她又讲，她同乡的老公也非常喜欢老家的油茶，因为今天她把馓子分了一小包给了另一个老乡，她那素来慷慨又粗枝大叶的老公知道后还埋怨她。听得我弯腰大笑。话说回来，每个人都有故乡胃，来自故乡的味蕾，是多么根深蒂固的东西啊。

除了咸香的稀豆粉，小时我尤爱的，还是爷爷做的面茶。面茶是甜香的，就是把春节没吃完的元宵粉晒干收好，过些时节取出来，待客或者肚饿时当作充饥之物。做面茶非常简单，一碗元宵粉放碗里，爷爷把刚烧开的水慢慢注入碗里，一边冲一边快速搅动元宵粉，白白的散状的粉眼见着变黏变透明，再搁上一筷子头猪油，一筷子头玫瑰糖，一碗又甜又香的面茶就冲好了。小时没零食吃，我被爷爷一碗面茶冲得心花怒放，在大理古城旧巷里穿来穿去，兴奋得像一只嗡嗡叫的小蜜蜂。

忽然也想起老公爱吃的蛋花儿汤了，他老家是山东的。那是一个阴冷的冬日下午，他要出差去外地，三点多钟要去机场，这不早不晚的时间，给肚里填点儿啥哩？他说，给我冲点儿鸡蛋花吧，像小时候我妈给我冲的那样。这不开火的鸡蛋花我还真没冲过。于是，他指点我烧开一壶水，把碗用滚水里外都烫一烫，把鸡蛋也放热水里滚一滚，沿碗边磕开蛋壳，像平时做煎鸡蛋那样用筷子把里面都打散搅开，再用刚刚烧开的水倒进碗里这么一冲，里边内容就由黄变白又变黄，给冲成漂亮的打着旋儿的鸡蛋花儿了。搁上一两滴香油，再撒上点儿毛毛盐，啊唷，很香啊。

老公一边说，一边很快就喝下去了一大碗。"嗯，暖和了，真不错，在我的指导下，做得还有点儿像我娘的味道。""呵，"
我冲他一撇嘴，"记住了，这是你老婆的味道。"他呵呵乐
着，出发了。

四川的油茶、云南的面茶和稀豆粉、山东的鸡蛋花儿，其实，
这味道源自故乡，留在各自的心尖上，故乡的味道就是亲人的
味道。食物温暖身心，而乡愁，就是故乡美味的堆积。

饺 子

嫁了个山东男人，每一次跟着他回家，第一顿必定是饺子。过
春节更甚，全家总动员，姐妹都回来了，一包饺子就很多，一
连几天顿顿吃。最后连老公都受不了，想换米饭吃。

"其实啊，小时候我多喜欢吃饺子啊，尤其吃到里头的钢镚儿
时。"老公跟我感叹道。

我很感兴趣："讲讲你小时候过年吃饺子的事吧。"我是南方人，过年从来都是吃汤圆，饺子平时也吃，但说不上多爱。

"那时穷啊。"老公开讲堂了，"我爸在四川工作，一年里也只有农忙和春节时才能回家几天，家里我妈带着我姐、我俩妹妹和我。那时，没肉吃，尽吃素，也就是刚刚吃得饱而已。"老公见儿子走开不感兴趣听，只好跟我忆苦思甜，"哪像他，从小那么幸福，我小时候从没有过零花钱，过年时就为了饺子里的几个钢镚儿，还跟我姐、我妹干过架呢。"

啊，这小八卦倒没听说过。

老公说，过年时他父亲终于回家了，他家也终于可以吃饺子了。北方的习俗呢，就是过年包饺子，饺子里还选几个包上五分钱的钢镚儿，预示着来年招财进宝，财源滚滚。小时候的小男孩对来年不稀罕，稀罕的是可以用钢镚儿买上几挂带响儿的鞭炮，听着多带劲啊。可是，在一大锅煮得一模一样的饺子里吃出钢镚儿，是多么不容易的事儿。于是，家里几个小娃，常常为了这个吃到那个没有吃到而吵闹不休，从炕上打闹到地下，滚一身土，哭哭啼啼地过一回年。

"哈哈，"我听得笑嘻嘻，摸他半白的头，"可怜见的，你小时。"

老公故意眨巴眨巴眼说："就是，所以你要对我好点儿。"

"好嘛，现在不用受苦了，瞧你们现在姐弟妹的感情多好啊。"

这十来年里随他回家过年，也就最早吃过一两回据说有钢镚儿的饺子，我倒也不以为然，心里头琢磨，也就北方人的一个形式吧。后来，有了孩子再带着回去，印象深刻的是，他姐姐作为老大，开始发话了，命令他老爸，不许再往饺子里搁钢镚儿了，因为担心仨小孩儿卡着嗓子。我发现一个规律：再强势的父母一旦老了，基本都会听子女的话。于是，他老爸老妈再不敢往饺子里放钢镚儿了。

再后来，孩子们逐渐长大了。

又一回回去过年，他老爸又想着往饺子里搁钢镚儿，说："多好啊，希望你们每一家都大吉大利，财源滚滚。"又欢喜地跟仨孙辈说："看你们仨谁吃到谁最有福哈。"仨正值青春期的少年少女兜里早揣了四位数的压岁钱，这会儿正低头忙刷手机呢，嘴里嗯嗯地应付着。仍然是当老大的老姐发话了："老爸，你真是的，干吗老抱着些旧习俗不放啊！谁稀罕你那些钢镚儿，脏兮兮的，吃着都恶心，不许往里头搁。"

老娘赶紧打圆场，讨好地对亲闺女说："好好，咱不包钢镚儿，包枣子或者花生行吗？""这个可以有，"姐姐说，"而且，不许包太多饺子了，现在谁还吃得下那么多啊。"

"嗯，嗯，全听咱大闺女的。"

甜 酒 酿 及 其 他

那些珍贵的、让我信服的、
具有传承意义的民间处方正一张张快速失去。

文/鲁怀玉

甜 酒 酿

一到夏天，每次回老家，我就会想念奶奶做的甜酒酿。

奶奶的手很巧，她会裹各种形状的粽子——三角的、三角穿芯的（圆锥形，用于给新嫁出去的女儿挑担子）、四角的（老家又叫斧头粽）、子母相连的（大小粽子包在一起，挑担子时讨彩头用的），会做米果、摊饼、馒头、手工面。小吃上，只要看到、吃到过别人做的成品，经她的手就能翻新出来。关键她还手脚麻利动作快，做出来的东西特别精致。早时的她是邻里间逢年过节、挑担子时等做各种吃食的主力。

夏天，我最爱吃的是奶奶做的甜酒酿。小时，一入夏，我就缠着奶奶，让她给我做甜酒酿。在旁边看的次数多了，我居然也掌握了做这个的大概。

奶奶做甜酒酿常用的是糯米，我也曾经以为做这个只能用糯米。糯米，我小时候农村的家里倒不稀缺，虽然种这产量比别的稻谷要低，但几乎每家每户每年多少都会种点儿，用于满足家里做小吃、挑担子等各种需要。

糯米稍浸泡后蒸熟或煮熟，很多人选择蒸是因为这个饭宜干不宜烂，煮起来不好掌控。饭粒熟透，将熟了的米饭打散，摊在干净的容器里散热，同时倒上半碗开水备用。待米饭冷至低于体温（用手试着不烫）或彻底冷去，将那半碗凉透了的凉开水逐步加入米饭，边加边搅拌，水不宜过多，以饭粒微湿、互不粘连、无多余的水流出为准，同时拌入准备好的甜酒曲。甜酒曲，按说明书的量碾碎，成均匀粉末状。将拌好甜酒曲的饭装入干净容器中压实、抹平，中间开一小孔，最后再往小孔及米饭表面撒少许甜酒曲，加盖放置。夏天，温度高于30℃，一般发酵二十四小时后，酒香开始弥漫。打开盖子，原先米饭中间的小孔及四周开始渗出酒汁，饭粒看去绵软相融成酒糟状，这甜酒酿就制成了。

其间，也有几个注意要点：一是米饭必须冷得均匀，加入的开水必须凉透，否则做出的酒酿可能发酸；二是发酵过程要保持一定的温度，可每间隔一段时间摸下容器表面，容器发热说明发酵正在进行。春秋天温度不够，要把这容器捂进棉被里。要是冬天想着吃这口儿，则要每餐饭后将这容器放入烧完饭的柴灶锅里，灶膛内留少许火星，用作保温，发酵时间得延长。因为不能保持恒温，这冬天做出来的成品酒酿，质量不似夏天那么有保障。

早时家里没有冰箱，这甜酒酿最佳口感期也就一天时间，还就是指一个白天，等过了夜，超过二十四小时，就酒味加重了，不再是我喜欢的口味。我在外地读书和刚参加工作那几年，奶奶会算准我回家的日子做下酒酿，专等我回去吃。有一次，我在放假时未提前和家里打招呼，去同学家住了两晚，回家，奶奶就直呼：可惜了一盆上好的酒酿！

工作后的我也尝试自己做酒酿，而且就地取材，用的就是单位食堂里蒸的粳米饭，没想到也做成功了。连续做过几年，后来成了一批老同事时常记挂的我的独特手艺之一。

知道甜酒酿烧鸡蛋能促进乳汁分泌，是在自己生孩子期间。奶奶以前就以为这东西能补身子，会加入桂圆干和鸡蛋共煮，给发育期的孙辈吃。在哺乳期，我吃过几次酒酿烧鸡蛋，是因为奶水少。后来和一个小姐妹谈起这个，她伸了伸舌头，露出害怕的神色。原来她在坐月子时奶水不多，父母便让她每天吃这酒酿煮蛋，一直到她休满三个月产假回单位上班，她爸还每天早上给她送这个，早吃腻了的她每次都背着她爸偷偷到其他办公室去推销这多出来的爱心。

奶奶的甜酒酿还有两个趣事。一个是老早时有次双抢，一家子人在田里忙活，午后，带去田里的凉茶喝完了，三叔主动请缨回家取茶，却一去不回。待奶奶他们晚上回去一看，偷吃了家中一大盆甜酒酿的三叔醉卧在地，沉睡未醒。成年后的三叔是

他们四兄弟里唯一不会喝酒的，他还从那次后被定性为弟兄几个里干活儿最会偷懒的"懒虫"。

还有这四兄弟里最淘气的小叔，小时候总因犯错被急躁的奶奶打，他也越战越勇，总和奶奶对着干。有次，和奶奶吵完架，他就趁奶奶不注意，偷偷把奶奶前一晚兑好的酒酿里的酒汁倒了，换上一盆清水。奶奶第二天做的馒头，便没有如期发酵起来，全是实心的。

待查出原委，小叔便又招来了奶奶的一顿打。

霉 豆 腐

有朋友在微信朋友圈里晒她自制霉豆腐的照片，让我迅速记起一些三十多年前的画面。

每年冬至过后，奶奶会用家里的老黄豆去邻村的豆腐作坊换回几板豆腐，全是切成长宽四五厘米、厚约两厘米的小块豆腐，那形状有些像过年用来炸油豆腐的白胚，比一般的豆腐要结实，水分少。也因为它们的外形像极了油豆腐胚，我曾许多次暗喜，以为家里要炸油豆腐了。油豆腐对童年的我的诱惑要明显大于数月后才能上餐桌的霉豆腐。

记忆里的霉豆腐是咸而缺少回味的，它并不像现在的霉豆腐一样加入花椒、麻油、辣椒和酒酿，吃来鲜香糯软。咸是那时的主妇对霉豆腐最大的要求——不容易坏，还能节省，可以多吃上一段时间。

想起那些年吃霉豆腐的日子，我的胃似乎还会泛酸。餐桌上就看到这么一个菜，每年要吃太久。

就像我爸至今不爱再去品尝我们都津津乐道的几种野菜，他说他在大饥荒时候吃了太多，一想到这些牙缝里就会冒出一股烂猪草味。

还是回到霉豆腐上。

那些较干的豆腐胚被奶奶在某次睡前认真地放进了铺了稻草的

竹蒸笼，一块一块，小心安放，排列整齐，块与块之间留了两厘米左右的距离。那距离是留着让豆腐长毛（发酵）的。装好的蒸笼一笼一笼叠上去，最后盖上蒸笼帽，奶奶又在蒸笼帽上抛上几件旧衣服。

旧衣服是用来捂着加温的。早时的山里比较冷，农村的泥房里又没多少家具，冷飕飕的山风不时在家里四处乱窜。

蒸笼就放在我和奶奶的床前，奶奶会在睡前把手伸进旧衣服里，测试一下里面的温度，那神情就像我感冒时她小心地把手伸向我的额头。

大约十天以后，豆腐胚周身长出了均匀的淡黄色的毛，奶奶把它们请进了楼下的厨房。奶奶在铁锅里炒了焦盐，冷却，又在爷爷的酒坛里打了一提土烧酒，然后，抓起豆腐胚，往酒里一捞，丢进焦盐里一滚，利索地码进一旁干燥的广口瓷瓮里去了。

最后，奶奶又往最上面淋了一些酒，从她的百宝箱里拿出一张叠得方正的塑料纸和另一张包过糕点的蜡纸，密封住了瓮口。

奶奶做这种事从来不会出差错，不像整日显得忙乱的邻居春嫂，不是霉的豆腐、苋菜梗长了虫，就是腌的猪头发了臭，总掌握不好火候。

待春茶开采，奶奶的霉豆腐开封了。

早时，很多农村家庭做霉豆腐之类是迫于生计，霉豆腐甚至是整个春耕春种时节家里主要的下饭菜。一是为了节约烧菜时间；二是因为物资匮乏，家里也没有多余的钱去改善伙食，哪怕是买一罐现成的霉豆腐。

可笑的是当我们渐渐买得起一罐罐贴上了详细成分表的霉豆腐，我们却不敢吃它了。那一排排字背后若隐若现地漂浮着让我们害怕的种种添加成分，它们随时准备侵蚀我们的生命。那看似在人们手里多起来的流动着的钱，成了要迫害我们的元凶。

一些自制食品因此重来。

奶奶不在了，深谙这些民间手艺、习俗的小妹的婆婆也于今年春天突然离世，对我来说，那些珍贵的、让我信服的、具有传承意义的民间处方正一张张快速失去。

六月雪

六月雪，又唤六月霜，学名奇蒿，还有别名刘寄奴、龙须草等，属菊科草本植物。据《本草纲目》记载：刘寄奴草生江南，茎似艾蒿，长三四尺，叶似山兰草而尖长，一茎直上有穗，叶互生，其子似稗而细。

另据药书记载，其"性温"，功效为消食运脾、清热解暑、除胀开胃、活血化瘀等，尤强调"解暑和神"，"凡伤寒时疫，取一茎带子者煎服之，能起死"。

六月雪喜阴，常生长在山边及灌木丛里，在我老家山里，尤以毛竹林里多见。在我记忆里，小时候，六七月份上山，弯曲陡峭的竹林小道旁，除了偶尔可远远见到的亭亭玉立的白色野百合花，便是个儿稍矮的、大片的、开着白色小米粒状花的六月雪。那大朵的野百合尚能带给我视觉的冲击，让我欣喜，常忍不住折回家几朵，而底下的六月雪，则太让我司空见惯了。只有同行的奶奶或妈妈会挑粗壮的折回去一把，冲水喝。

在山上混成精了的奶奶，折六月雪也有些挑剔。她会说哪座山上的六月雪太瘦，冲了味淡，喝着没劲；哪座山上的六月雪叶片多，但花少，用不上。她采回的六月雪，常是大枝的、粗壮的，花枝特长，未完全盛开的花骨朵密匝匝的。常采自一座叫冷湾的山湾里。

采回的六月雪，晒干后被捆成大束和小束。大束的被奶奶悬挂在偏厅的楼板下，用于接下去几个季节需要时取用，也用于赠予山外的亲眷朋友。小束的就挂在厨房间的脸盆架上。整个夏天，奶奶都会在原先冲茶的大钵头旁边，用另一个稍小的钵头，每日冲上一小钵头六月雪茶。用的是从脸盆架上的小束六月雪上折下的带花蕾的枝头。

六月雪茶略苦，苦而清凉，在夏天的农村被当作常用饮料，用来消暑。因各家的习惯、口味不同，这冲出的六月雪茶，味道也不一样。邻居春嫂两夫妻勤劳，终年扑在外面，夏天也很少休息，她家冲的六月雪茶，花枝放得较多，味猛，入口像喝中药，满口苦味，我不敢喝。我妈冲的六月雪茶不纯，是把小枝的六月雪加入茶叶中混冲，有茶的清香也有六月雪的药味，倒也深得我爸喜欢。我还是最喜欢喝奶奶冲的六月雪茶，每天晨起新冲，一钵头开水里放一枝六月雪，茶色淡黄，微苦，喝到最后似乎还有一丝淡淡的山泉的甜。

奶奶在整个夏天基本上就光喝六月雪茶，因为她常要中暑。她夏天从不戴草帽，喜欢赤着头皮出去干活儿，图个利索的她，在利索完了回到家里后，就容易头重脚轻，肩膀发胀，说是痧气上来了。到了这时，家里的六月雪茶已帮不上她了，她会抓狂地赶紧找人给她扭痧。等脖子、后背，甚至是两个手臂上，全被扭出了乌黑、起泡的痧，奶奶又重新精神起来，起身烧饭、干活儿去了。

我就是在这过程中，学会了给人扭痧，虽然手劲不足，每次只能扭上几小把。

估计奶奶要是不喝那防暑的六月雪茶，每年夏天扭痧的次数要成倍增长。

而长大的我，却沾染了奶奶的痧气，在远离六月雪的日子，每年都要刮上几次痧。

鱼腥草

清明去上坟，在某片荒芜的茶山上拔回手指长的鱼腥草一把。

认识鱼腥草已久，知道这是一味中药；知道这鱼腥草也如荠菜、马兰头般是个可以上桌的野菜却是在近年。

带回家，逐株清洗。刚刚在上周报纸上看到有人误把同样长在水边的石龙芮当成了水芹菜采回，造成家人误食中毒。吃野菜也有风险啊，好在鱼腥草有明显的气味，要辨别它并不难。

凉拌鱼腥草，我做菜前在要不要过水烫一下上纠结了。焯水除了可以杀菌还可以减少野菜本身的苦味、涩味，如马兰头、蕨菜通常都经过这一步。但有朋友在微信里质疑如此一来会不会让原本鲜嫩的叶片显得滑腻，破坏了口感。想想也是，有些菜吃的就是独特的气味，比如凉拌香菜；还有些菜吃的就是爽脆的口感，比如新近在饭店吃到的凉拌冰菜，这些吃法都不宜破坏菜自带的成分。

起油锅，放入花椒、干辣椒，将调出的麻辣热油浇入放了盐、生抽、醋、生姜大蒜末的调料碗，再淋上点儿麻油，搅拌，将调料倒入已洗净摘成小段的鱼腥草中，在大碗里拌匀，装盘。

还没开吃，这被我们这一带俗称为臭耳朵草的鱼腥草就给我的鼻子带来了排斥感。

果然，待上桌，虽然视觉效果不错，正好感冒中的女儿在我鼓励下也勉强吃了几筷（据记载鱼腥草可清热解毒，有杀菌作用），我也示范性地吃了一点儿，但吃完饭，这一大盘还剩一大盘。

气味独特的菜，看来被接受都需要过程。最早是芹菜，小时候可能买种子不方便，家里不种这个，逢年过节买点儿回来招待客人。每次母亲或奶奶摘芹菜叶子，我都躲得远远的。用我那时的形容词是我闻了这个要"晕车"。对，"晕车"。小时的我车坐得少，上车必晕，恶心、头晕、脑袋发胀，闻到芹菜气味我也恶心、头晕、脑袋发胀。简称晕车。后来"晕车"还被我用来形容我不喜欢的人和事，我因此错过了很多第一印象让我"晕车"的人。

错过人可能是永久的，错过物品却有机会再来。后来我自己也不知道如何接受并喜爱上了芹菜，以及之后遇到的香菜。

近年常在春天记挂老家的各种野菜，觉得跟年龄有关。人到中年便开始忆旧，味蕾上绑着乡愁。旅居各地、晚年定居台湾的梁实秋，他的《雅舍谈吃》便大多是从记忆里的北平美食谈开去的。属于故乡的都是美味的，遥远的乡愁是靠口水滋润着的。只是，在我读来，在北京旧胡同里长大的梁实秋，他笔下的故土美食虽然精致有余，但相比生长于江苏高邮水乡的汪曾祺，同样写吃，后者所写的要接地气得多。梁实秋最多只能写下"剥莲蓬甚为好玩，剥出的莲实有好几层皮，去硬皮还有软皮，最后还要剔出莲心，然后才能入口"，我想说，对于植物，他所知甚少。

同时，让我深感忧虑的是，从我小时候到现在，短短几十年，老家山里的许多野菜都在大面积减少，有些甚至接近消失。蕨菜、小竹笋因山上柴草疯长被盖去了生长的空间，马兰头、荠菜、紫苏、蒲公英这些长于田间地头的野菜，也因为茶叶、早竹笋等经济作物的存在，而被占有这些土地的人扼杀于草甘膦下。一种被我们村子里的人叫作"地胡蜂"的野草，据说可以用来煮鸡蛋给孩子补身体，前些年被一批接一批涌来的诸暨人连根拔去，几近绝迹。

就连以前在茶园、水沟边常见的鱼腥草，现在也难得一见。

我相信，野菜或中草药的存在也是生物链中重要的一环，如此恣意破坏，难免让人不安。

大概二十来年前，我刚工作不久，家对面有对在城里工作的老夫妻，他们即将退休，准备回老家养老。他们一边忙着叫工匠在老地基上翻修新房，一边趁着休息天赶回去，老两口背着蛇皮袋、锄头出入老家附近的深山里，样子有点儿神秘。连续观察几周我才知道，他们是在往自家的菜园子里搬一些野菜和中草药，有马兰头、鱼腥草、六月雪、三叶青、益母草、金银花、白毛夏枯草，等等。

一晃多年，那对老夫妻已先后去了另一个世界，当初的新房子，因久无人居住渐渐显出了老意，他们用来养生的菜园子被大片的鼠曲草和狗尾巴草占领。只有我，偶尔会在春天返家的日子，去那里寻找还在继续生长的野菜。

母亲的早餐铺子

也许是因为那把大伞，
也许是因为今日的大风大雨，
她显得异常瘦小。

文/何婉玲

当老妈说要开早餐铺时，我和我妹几乎异口同声地反对：
千万别！

黄瓜黄，青瓜青，豌豆颗颗如珠玉；鳜鱼肥，鲜虾嫩，瓮中的
腌菜赛百味。这些鲜活食物，在厨艺家十八般工具之下，切、

搅、剁、煮、抄、拌、煸、焗、炸、煎，不同的食物相遇，相恋，相融，诞生出一道道美食艺术品。

吃了老妈十几二十年的菜，发现我们与美食的艺术完全无缘。她似乎独爱简约风格，各种烹饪，到她手下，出神入化，化繁为简，放油，清炒，起锅，两三招搞定一道菜，清炒包菜、清炒豇豆、清炒茄子、清炒鸡蛋、清炒辣椒、清汤炖老母鸡……

可是妈妈呀，您为何不让鸡蛋和青椒在一起呢？那将会有多美味！

她的漫不经心，她的随意潦草，让我们的十几二十年缺失了多少美味，也让我们深深体会到她对食物和料理的冷漠和无所用心。

即便这样，在我们的百般阻挠下，妈妈还是推着她的早餐车，义无反顾地站到了街头。

终究还是闲不住的。

老妈的早餐车面朝马路，身后有一个菜场。你见过凌晨五点的菜场和街道吗？曾有人说：当你对生活感到绝望和不满的时候，可以到菜场逛一逛。

一切都是崭新的，一切都是朝气蓬勃的。天气微凉，草尖儿还带着露珠，红绿灯路口人行指示牌上的绿色小人跳起了早操，骑电瓶车的姑娘罩着一件外套，大嗓门儿的妇女喊着她丈夫的名字走进菜场。嘈嘈切切，到处是市井之音。

汪曾祺写："看看那些碧绿生青、新鲜水灵的瓜菜，令人感到生之喜悦。"

集市街头，看菜场的人生百态，就会重新萌发对生活的热爱。所有物质的、精神的追逐，都不如电子秤上放一把长豇豆来得真实和充满希望。

一辆出租车停在路边，拖着一夜倦容的司机从车子上下来："大姐，给我来三个肉包。"他付了钱，提了包子，坐在车里埋头吃了起来。

包子像济州岛种植的柑橘丑八怪，皮糙肉厚，不同于包子店的鲜肉包，白嫩如婴儿肌肤，软绵绵，腾腾香，老妈的包子看起来又敦厚又老实，沉甸甸一个，如灰头土脸一老头儿。

"阿姨，您的豇豆饼有点儿焦了。"一个小男孩说。他圆脸板寸头，背着书包，是附近上学的初中生。

"啊呀，真不好意思，煎过头了，我给你重煎一个吧。"她满是抱歉和不安。

"不用啦，边上还能吃。"小男孩又多买了一瓶娃哈哈 AD 钙奶，朝着学校方向走去。

我妈继续发挥着简约的做菜风格。

豇豆饼里的豇豆需凌晨提前做好。碧绿碧绿细长细长的豇豆，切成丁，锅里放猪油，清炒一番，加盐加酱，添水收干，起锅入盘，满满一罐。用揉好的面团，裹入炒好的豇豆丁，封口，手掌压至圆饼状，放入倒好油的平底锅里煎。锅油发出吱吱声，舔舐着豇豆饼的白色面皮，直至饼面金黄。

"你知道吗，今天那个经常到我这儿买豇豆饼的小孩儿夸奖我了，说我进步很大。"一周后，老妈来电，兴高采烈。

在那之后，但凡我们指出老妈餐点上的不足，她总会理直气壮地说："就你们俩老说我做得不好吃，人家小孩子都夸我进步！"

在小男孩的夸奖之下，老妈顺势又推出了豆腐饼。豆腐滑嫩无骨，水汪汪，顺溜溜，还剁了红辣椒，一红二白。面饼、豆腐一起咬进嘴里，又辣又烫，高调地挑逗着味蕾。也难怪老妈将豇豆饼、豆腐饼列为她的畅销品。

茶叶蛋在锅里煮，茶汤深棕色。久煮壳裂，莹白的蛋皮上镌上好看的骨瓷花纹。老妈穿着橘红色围兜，戴着橘红色早餐帽，和初升的朝阳一道色彩。

"大姐，包子再来三个。"夜班的司机天天来，这一天他没有回到出租车内，而是站在老妈对面，"大姐，你这包子和我妈做得一样，我们乡下的包子就这样，厚实，一吃就饱。"

母亲的早餐铺越来越丰盛，除了豇豆饼、豆腐饼、茶叶蛋、大肉包，推陈出新，葱花馒头、酱馃、粉蒸肉，连各色早餐奶也齐齐整整地摆了一排。

做了一个月以后，清明时节，母亲来杭看我，提了一大袋粽子。母亲走后，我把粽子分给办公室的同事吃。她们吃后竟然一致大赞："阿姨的手艺真棒！"

我将信将疑，细尝一个，味道果然不赖，粽叶包裹得标标致致，糯米爽滑润口，粽肉肥瘦相间，腌菜、蚕豆瓣的香味渗透入粽粒。一切都恰到好处。

长久以来，我们一直带着偏见看待母亲，最亲之人反不如陌生人懂得欣赏。后知后觉，发觉她的好，有了得意，逢人便说，什么时候我给你们带我老妈包的粽子，可好吃了！

江南雨水多，盛夏多暴雨。我说这样的天，回家吧，不要做了。母亲却说，不卖早餐，下雨天的，那些早起的司机和学生岂不要饿肚子了？搞得好似离开了她一大堆人要没饭吃了。

她将太阳伞绑在三轮车车头，用棉线缠了一圈又一圈。雨水哗啦啦地奔涌进下水道，汽车的雨刮器刮得像个拨浪鼓。风往四面八方吹，她又拿出纸板，将平底锅围了二分之一。她细瘦的胳膊从袖口间露出来，脚下穿一双亮红色的雨鞋，白色酱馃在油锅中翻了翻，酱馃心里一热，香味就飘了出来。

也许是因为那把大伞，也许是因为今日的大风大雨，她显得异常瘦小。那一瞬，我觉得她瘦小的身子里有着某种不可撼摇的倔强，还有伟岸。

心有所念，必有所执。

有时希望母亲的早餐铺子生意兴隆，有时又希望早餐铺子生意冷淡；有时希望这一点儿小小的营生能带给她满足，有时又希望她早点儿卷铺盖走人。

多年以后，她仍惦念她那辆风雨中飘摇的三轮车，油锅热了起来，蒸笼一层层叠上去，街上响起了第一声车铃。"我的葱花馒头是城里一绝，料足新鲜，如果现在还做的话，手机报纸给我宣传宣传，讲不准啊，大家要排队来买咯！"

晶莹剔透的茶叶蛋、外脆里嫩的豇豆饼、松软喷香的葱花馒头、绵绵糯糯的粉蒸肉……谁能说，这一件件精致的母亲牌早点不是艺术品？

夏　食

阵阵梵音传来，
仿佛听见风在巡游、祈祷。

文/肖旻

1

清晨，有几只麻雀聚首在菜园的竹篱笆上，东啄西啄，想偷食泛红的西红柿，却又对菜园中悬垂的彩色飘带生畏惧心，迟迟不敢靠近。几株荨麻草高过竹篱笆，撑出了穗状花序，扬着头的样子，就像是在看麻雀笑话似的。

菜园里，黄瓜叶子被蜗牛和蛞蝓咬食得厉害，但又有小黄瓜顶花带刺了。前两天才筷子粗细的四条丝瓜，现在可以摘了。父亲说，余丝瓜汤最好，多放些蒜丁在里面。母亲曾经做的丝瓜鸡蛋饼味也很好。丝瓜切成泥，与鸡蛋液充分搅拌，筷子打得哗哗作响，等油锅烧红，倒入锅中煎熟即可。黄绿相间，滋味不输香椿煎鸡蛋，却是走小清新路线，有种禅房花木深的幽静感觉。

辣椒当令，沉甸甸地吊坠枝头，显示出强大的生命力。伏天食欲不好，摘上几枚尖嘴、肉薄的瘦长青椒，洗干净，拿刀拍碎，与豆豉、油渣一起炒着吃。香气似有千军万马往鼻子里奔涌。最好是那种带皮带瘦肉的油渣，"咔嚓咔嚓"地咬，酥得天崩地裂，舒服劲就像是有人在帮你掏耳朵，能分分钟灵魂出窍。

昨日摘的青椒在热水中烫过后，在院子里晒了一天，又晾过一宿，颜色已经泛白。用剪刀对半剪开，加盐搓揉，可入坛子腌渍。母亲跟我一起往坛子里面填白辣椒，一层盐，一层椒，使劲压紧。她虽然右手瘫痪，不会说话，但左手经不懈锻炼，已越来越麻利，那个认真做事的母亲似乎又回来了。忙完，又指着坛沿儿，用手势提醒我，要记得倒清水，使之与空气隔绝，以确保密封性。

坛子还是父母结婚时买的。老火坛，土原色，坚固耐用，这么多年都没现一条裂纹。母亲还用它们腌过酸剁椒、酸刀豆、酸黄瓜、酸豇豆、酸藠头等。后面几道腌菜相对简单，把食材洗干净，放入醋坛即可。唯酸剁椒麻烦一点儿，需要剁红椒和蒜瓣，考验刀工，也费体力。母亲专门摘朝天的红椒，洗净后，把砧板放在大木盆里，便开始剁，菜刀上下挥动，红椒和蒜瓣瞬间碎成末。有时不小心，辣椒末会溅到眼睛里，眼泪直流，母亲用湿毛巾擦一下，继续剁。

用不了多久，白辣椒便可出坛，用来炒肥肠、牛肉、五花肉、藕尖等，都是夏天刺激食欲的开胃菜。我六岁去城里亲戚家做客，怯生生，怕羞的样子。其他印象早已模糊，但一直记得饭桌上的白辣椒炒藕尖。第一次吃，酸辣脆爽，辣得"唆唆"哈气，大汗淋漓，急着找凉水喝。回家后咂吧酸辣滋味，央求母亲做这道菜，还蛮有意思的。

午饭熬的红枣枸杞粥。枣是新疆灰枣，果大，去核，干吃也很甜。父亲拿来炖过好几回猪肚汤，炖时还掺了些当归，有补虚损、健脾胃的功效，最适合母亲吃。还剩下半袋子。这回用作熬粥，与枸杞、大米一起煮，文火慢熬，在瓷钵里冒着热泡，单观赏就让人心旷神怡。

等粥熬出来，又做丝瓜炒冬瓜、西芹百合以及辣椒炒肉。父母吃得很认真，也满足，阳光透过重新刷了红漆的木窗棂，照在他们写满岁月但平静安详的脸上。想起郑板桥曾在家书中言："先泡一大碗炒米送手中，佐以酱姜一小碟，最是暖老温贫之具。暇日咽碎米饼，煮糊涂粥，双手捧碗，缩颈而啜之。霜晨雪早，得此周身俱暖。"虽是盛夏，一碗再普通不过的白粥，尽管不在五味之中，但因为还可以陪父母一起喝，想来也应在五味之上。

午后醒来，吃自己做的蜂蜜酸奶，还加了香蕉和苹果。父母少吃甜食，对这个并不喜爱。无人分享，我尝几口，把它搁进冰箱，等晚上做夜宵。

吹风扇，看《西游记》，吃绿豆冰棒，曾是幼时夏天的三大防暑利器。只要有它们，恐是做梦都要笑醒。现在堂屋里的风扇还在转悠，电视里七八十个频道，却也找不到特别心仪的节目。那天在步行街看到卖绿豆冰棒的小青年，他穿蓝色海魂衫，背着白色泡沫箱，箱子四四方方，箱盖上留有带盖圆孔，跟儿时的冰棒师傅一模一样。掏钱买一支，也有满满的大颗绿豆，但滋味就真的不好意思恭维了。

2

与乡下相对朴素、清淡的饮食比起来，办公室的夜宵才真是热情洋溢的盛夏光年。因为有某选秀节目直播，我们部门需要在后台监播、监看相关数据信息。灯火通明，集体加班，好在有麻辣小龙虾、开心花甲以及热卤的强大驱动力，一次加班这才称得上有价值、有意义。唯一遗憾的是不能饮酒碰杯，庆幸还有冰可乐与酸梅汤，开心才不打折扣。

女编辑们满怀斗志，从盆中拎起肥大通红的虾子，双手使劲一扯，拉下两只大虾钳，然后"嘎吱"咬开虾壳，美滋滋地吸食月牙般的虾肉。嫌不够辣，硬要蘸点儿汤汁，吃得嘴巴通红，满头大汗，还不忘盯着直播视频点评："噢，这个帅，那个也不错……"直播镜头扫过一整排花美男时，不淡定的姑娘们爆发出一阵"哇"的尖叫，个个脸上泛着跟小龙虾一般的鲜红油光，就差跳起来互相拍手、转圈圈了。

荧屏时代，"小鲜肉"当道，个头儿至少一米八，皮肤还要好，五官必须如雕刻般分明，俊美异常，萌起来可以多情含水，酷起来定要傲雪凌霜，当然这只是标配；还要有才艺，吹拉弹唱，喊麦耍帅会做饭，有其中一项，也行。一次问办公室的女编辑们，问她们找什么样的男朋友。众推的前两条答案，一是要好看，二是会做饭。

直男同事听了大笑，现实中有这么美好的事情吗？惹人垂涎的美食主要是配脸圆脖粗的大厨吧。有女编辑白眼翻过来，嫌弃地对着直男说："所以才要有偶像，才要有选秀啊，专门负责解决我们无处释放的爱与精力，及时找到一个精神寄托，做事才会有干劲。你们是体会不到个中乐趣的。"

我们办公室恰好在广电大楼演播厅后面，经常能看到各路明星的粉丝聚集，其中尤以女粉丝居多，她们有统一的服装、统一的横幅、统一的口号、统一的荧光牌，甚至有统一的工作餐。偶像来录节目，一般会从下午一直录到晚上，甚至凌晨，粉丝们全程守候，井然有序。前几日有当红"小鲜肉"出没，纵然阳光滚烫，空气闷热，粉丝热情一分不减，站满全天，喊哑嗓子，似乎也毫无倦意。收工时，一人一个鸡蛋仔冰激凌，她们脸上惬意的表情，仿佛在说，没有冰和甜，哪能叫夏天呢？

若是时令有性别，盛夏应该就是如此热情的姑娘吧。深夜下班，还要去江边大排档喝一杯，疲惫、暑气和燥热才能消失殆尽。城市依旧喧闹而蓬勃，粗莽而热情。随便哪个夜宵摊前，驻足观摩，摊主掌锅掂勺，猛火蹿出炉灶，鼓风机里的味道浓重而呛人，眨眼工夫，但见美味出锅，香辣蟹、口味虾、口味蛇、黄鸭叫、炒田螺、炒米粉、刮凉粉、臭豆腐，五花八门，色香味俱全，几乎全都隐藏在这些红色大排档之中。

无论环境多简陋，做得好吃是唯一的主题。夜色起，夜灯亮，一片火红，人头攒动。围绕辣、酸、香、鲜四字做文章，尤其强调辣，湖南菜不辣不好吃，任何菜入湘，似乎都有了热乎乎的辣劲儿，跟湖南人火辣热情的性格一般，何时何地都有极强的感染力。

温热的江风拂面吹来，同事光着膀子，拿出槟榔，去掉内里的核，扔入啤酒里，酣畅淋漓地喝完酒，再把槟榔放嘴里嚼，牛吃草般心满意足。我在旁边，翻一下微信，朋友圈里在重刷《主厨的餐桌》第三季，该剧借由美食纪录片这一表现形式，讲述顶级主厨的丰富人生，美食与故事巧妙融合，动人心魄。有生之年，想吃遍里面的美食，也好想能做一档如此有人情味的纪录片。

3

和母亲一起去寺庙拜佛。大雄宝殿内，佛祖金身璀璨，慈眉善目，法相端庄。在佛祖面前，不论是病体沉疴、艰难处境，还是爱恨嗔痴、深重执念，似乎都可以得到救赎，得以解脱。烧了香，磕完头，高山仰止，礼佛自在。陪母亲绕大殿走一圈。聆听钟磬敲响，能扫落心中的尘埃。

殿侧布有长桌，笔墨纸簿置于其上，可以在供奉香火钱后，写下自己的名字和心愿。还有斋工在桌旁就着人情世故给香客解答签文。替父母捐下功德钱，在纸簿上写"家内平安，精进不休"，然后问母亲："要不要抽支签？"她摇摇头，摆摆手，我猜她的意思是，心诚则灵。

出得大殿，殿前有小凉棚，布施凉茶。于是和母亲在阶前各自喝了一杯，坐在石凳上歇息。茶已凉，放了甘草，微甜，心里自然清净许多。提着大包袱的香客从山门上来，大汗淋漓，表情却是一脸虔诚。包袱里估摸是装着香烛纸钱，或者换洗衣衫，用于烧香礼佛、祈福求安，甚至是在庙里静养些时日，度过炎热的三伏天。

穿过苔迹斑驳的青砖路，入斋堂自行取食。有百合蒸南瓜、清炒苦瓜、蒜泥豇豆、煎豆腐，以及白米饭。类似自助餐，吃多少取多少，出家人惜米如金，不可浪费。就餐分男女，帮母亲分别舀了一些食物，又扶她找座位。有斋工过来指引，态度谦和，关怀备至。斋饭清淡，咸甜适中，平素吃多了油腻伙食，是应该食食素，清一下肠胃，得一时身之所净，想必心中郁结也可纾解。

斋后会发西瓜，每人一片，红瓤，多汁。我看母亲细品慢尝，吃得很安静。其实整个斋堂里，都是庄严、洁净。佛家人把吃饭看得和敬佛一样神圣。用完斋饭，有斋工在帮忙擦拭桌椅。十几排桌椅，搬动时动作幅度不大，不发出杂音。人的心性，在佛门重地，很容易达到海不扬波的状态，做事也满怀恩悯。

想起幼时爱在堂屋的神龛下，搬来小凳子，爬上八仙桌，一条毯子斜系在肩，手持白酒瓶，里面插一桃枝，也学佛陀的样子——身披袈裟，威仪庄严，拿着白瓶杨枝洒水。遇上父母回来，立刻藏起毛毯，整理仪容，伏在桌椅上，佯装认真写作业。那时母亲还很年轻，健康，鹅蛋脸，大辫子，说话也温柔。看着八仙桌上的脚印、地上的水点子，以及关在柜门外的毯子一角，母亲应该察觉到了异样，但她从未厉声点破过。

佛言："人人莲花净，个个阿弥陀。"每天盼着母亲能够多康复一点点，哪怕这辈子还能喊一声我的名字。和她一起走青砖路，慢慢出得寺门，去停车场还需跨过一座桥，在溪渠边，见水中有肥大的锦鲤缓缓游动，逍遥随意。仰望身后的大殿，放大光明，圆满般若境界。阵阵梵音传来，仿佛听见风在巡游、祈祷。

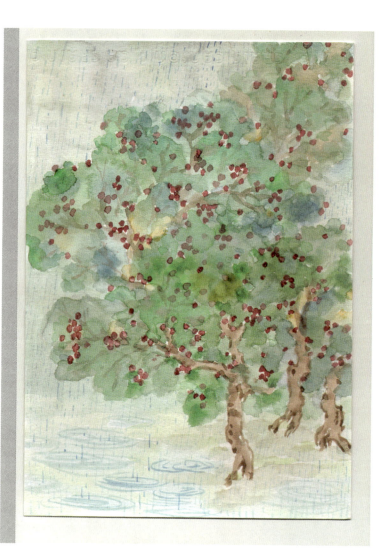

关于食物的通信

大概最好的味道
总在童年的回忆里吧。

文/容小懒

1

远人兄：

多日未见，甚是想念。因此，背着周老师，偷偷写一封信给你，聊慰相思。

远人兄，你可知，江南已进入梅雨季。宋人曾诗曰：满城风絮，梅子黄时雨。但于我们这儿而言，应是"杨梅红时雨"。我不知何时入梅，却隐约记得杨梅熟时便是梅雨季；或者也可以说，不知杨梅何时红，但记得大约是在梅雨季就对了。

远人兄，你见过杨梅红时的情景吗？那像胭脂晕染的红压压一片……这个时期，盛开的合欢也是红的，却红得那样小心翼翼，仿佛是那易散的彩云，一亮烈就散了。而杨梅的红则来得端庄大气和沉稳，就好比高阁中的大家闺秀。

可我外婆曾说，比起橘子，杨梅实在是一种太娇气的水果。可不是吗？摘下树的橘子能存放半年之久，杨梅能吗？周老师在《蕨叶、杨梅与酒》的信中，也曾说过，从树梢到舌尖的距离是如此遥远。因此，杨梅必是现摘现吃的好，哪怕在篮里多搁上几分钟几个时辰，味道都会大不相同。我突然想起东坡先生"日啖荔枝三百颗"的诗句来。由此便想到那倾国倾城的杨贵妃，若那时杨贵妃喜欢的是杨梅而非荔枝，那么累死在途中的人和马又要多上几番呢？

远人兄，我们这里的人都是吃客。先不谈东海里大大小小透骨新鲜的海鲜，光是节庆日便有一大堆以食物来命名的：高湾枇杷节、晓塘葡萄节、大塘麦糕节、高塘西瓜节、翠梨节……因此我们这儿的人吃杨梅，可并不只贪享一种吃法。前段时间，我圈里的一位好友就晒了一张杨梅干的美图，并毫无保留地分享了做法——"鲜杨梅加盐泡十分钟左右，沥干放进无油的不粘锅，看个人口味加冰糖，如果想喝杨梅汁就多点儿水，不想喝半碗水足够，煮沸后汤汁倒进瓶子里就是杨梅汁；锅继续加热，隔一会儿用铲子翻一下，动作轻一点儿避免杨梅破了，直到杨梅水分蒸发得差不多。越往后翻的频率越高，免得糊锅。差不多了关火装盘，杨梅干凉到温热时撒白糖。"你瞧，从杨梅到杨梅干的变化，树梢到舌尖的距离就又近了。

我妈每年都做杨梅烧酒，每回都多加很多糖。因此，做出来的杨梅烧酒都偏甜，大有果汁的味道。我是不碰酒的，所以我很难跟你描述那种味道。但想一想，酸甜的杨梅与醇烈的烧酒在时间的沉淀和催化下，味道应是极不错的。

对了，我在外地读书时，经常会错过吃杨梅的时间。我妈为此会挑几袋又大又黑的乌紫杨梅放进冰箱冷冻。等我放暑假回来，杨梅都冻成弹珠那么硬了。夏季贪凉时，我会拿出来把它当冰棒吃，含在嘴里，一开始极凉，吃到后头，杨梅酸酸甜甜的味道便漾出来了。

远人兄，当你看到这里，大抵以为我很爱吃杨梅。其实不然。我对杨梅味道的贪享仅仅是点到为止那样浅。在儿时，我贪享的是杨梅枝上的"蟠桃"而非杨梅。哈，你讶异了吧？杨梅树怎么能结出蟠桃呢？

小时候，我们村里常常做戏，一唱就是三天三夜，开场的第一天，经常有加演，加演的大抵都是"八仙过海赶赴王母蟠桃宴"的戏文。这场戏的时间不长，也就十几二十分钟，可小孩子们常常不耐烦，焦急地趴在舞台边，就等着一个白头黄衣的老头儿背着一棵极大的杨梅枝出来。那杨梅枝就是戏文里讲的蟠桃树，上面结的果子，拇指一样大，全是面粉捏的，小小尖尖，上头涂一点儿玫红，这就是三千年一开花三千年一结果的蟠桃。老人们说，这样的果子吃下肚，小孩子们读书能聪明伶俐。于是，当台上的杨梅枝一抛下来，大人也跟着小孩儿一起抢。我有幸吃过这样的蟠桃，味道寡淡，就像吃没加任何调料的蒸年糕一样，可当时仍觉得意犹未尽。

今年是杨梅大年，杨梅出奇地多，价钱也出奇地便宜。听说在泗洲头、茅洋那边，一块钱就能买一斤。在一树一树的红杨梅中，我在找寻一种白杨梅。这种杨梅，要比普通的杨梅大一些，颜色通体青白，在儿时的记忆中，味道是极甜的。我隐约记得我们村里似乎就有这样一棵杨梅树，可惜我爸去了舟山，不能带我找寻了。

远人兄，这一封关于杨梅的信，我写得啰啰唆唆，泥沙俱下。若是由周老师提笔，必是口齿噙香、赏心悦目的吧？好在，车将到站，下次再叨扰。记得，多吃几颗杨梅压压惊。

2

远人兄：

见字如面。上次匆匆一别，已近一年。

今日，是芒种。午间，读到陆游的诗："时雨及芒种，四野皆插秧。家家麦饭美，处处菱歌长。"突然就很想吃一盘菱角。

菱角，我们象山话叫"老棱"。说来也奇怪，水里长出来的物什，自是鲜灵灵水嫩嫩的，怎么会"老"呢？我想，它必是一位俏皮倔强的女子吧：外皮坚硬黑青，里头包裹的却是白脆的元宝心。也正因是这样的性子，所以仅用一锅清水来佐它，便是最好最恰当的搭配了。

远人兄，你自是认为，生在江南水乡，菱角这种东西必是常见的。然而，它跟你一样，我却是好久不见了。

我记得跟你说过，我的童年是在外婆家度过的。在我外婆家的新屋前，有一口长方形的池塘，那里头就种过菱角、茭白，还养过鳊鱼、鲫鱼，和多到放下钓竿马上就能咬钩的龙虾。我记得这一口差点儿就把我淹死的池塘装过那么多好吃的，也隐隐记得夏天的某个傍晚，外公会赤脚陷到池塘里，把菱角一颗颗摘下来放到漂在水面上的木盆里。摘得多到放不下时，就一把把扔到晒场上，让外婆去拾。摘和煮，我都是不会的，我只会吃。通常，我只是默默看一会儿，然后就跑出去野。我外婆说过，我像野猪精一样，到了吃晚饭的点儿还枪都打不到。所以，无论今晚有没有菱角可以吃，我总是到天黑才回家。然而不同的是，有菱角的夜晚，吃过晚饭的我仍会坐在屋前的道地（院子）上，一边吹着徐徐晚风，一边借着星光大快朵颐。

老棱老棱，其实有老也有嫩。老的菱角，外表摸起来硬，咬开来吃还是硬。然而等你的牙齿重重一磕，舌尖却能分明地体会到那粗粗的淀粉颗粒。嫩的菱角呢，煮熟了摁着软趴趴、水唧

唧，不用牙咬，拿手一掰就能掰开。吃的时候虽然能尝到壳里涩口的汁水，但那肉却是脆生生带点儿甜味。对于好逸恶劳的我来说，自然是偏向于更易吃到的后者。

关于怎么吃菱角，《后宫甄嬛传》里有过这样一段别具深意的描写：菱角肉美，但必先斩其两角、去其硬壳才能尝到果肉，否则反容易被其尖角所伤，得不偿失。后宫里的女子，自是走得这样步步为营、步步惊心，所以连吃一枚菱角都能吃出一套为人处世的哲理来。而我这样的"糙汉子"，捏着菱角张嘴往中间一咬，吐出口里的一半再一咬，就能吃到。只是有一点不好，咬多了，嘴唇容易发黑，就像武侠小说里中了某种剧毒的女侠一样。可这又有什么打紧？毕竟没有一种毒不是一粒麦丽素不能解决的。顺嘴再说一句，当年的麦丽素简直好吃到爆，就是恶贵，要两块钱一包。

远人兄，我不知道老梭作为这样一枚清冷低调的女子是不是会有粉丝。然而，在同一口池塘中，却有它的模仿者——叶子相同，花色类似，却学不来它的大气。印象中这个超级粉丝土名叫"河刺棱"。长的果实倒也能吃，可浑身带着刺，扎手，还小气，剥出的肉还没指甲盖大，我们这里人是不屑吃它的。

当然，也有一种红菱，可以生吃。那是嘉兴、湖州一带的特产。上大学时，有同学带来给我尝过。我曾以为有着这样娇艳的外表，红菱肯定比黑乎乎的老梭好吃，谁知道一口咬下去生得很，也没有想象中的那么脆甜可口。于是，勉强吃了一颗后，我就装作很大度很矜持地婉拒了第二颗。

关于红菱，更有名的还是邓丽君那一首《采红菱》。我相信，作为这个年纪的大叔，你多少能哼上两句。说来惭愧，我是上大学的时候才第一次听到这支歌，那还是在某次完成老师布置的摄影作业中，某位"耶稣"同学像小毛驴转圈拉磨一样，绕着脚架一边转一边贱兮兮地唱："我们俩划着船儿采红菱啊采红菱……"彼时彼景，毕生难忘。

去年冬天，去湖州疗休养。到下渚湖湿地的时候，发现有一大堆卖菱角的。十块钱一网兜，特别便宜。本来想买一点儿的，后来嫌带着麻烦就作罢了。好在到了午餐的时候上了一盘菱角炒肉。白生生的菱角，清炒几片猪瘦肉，上面还淋了一层芡汁。看起来清新寡淡，吃起来也同样寡淡。于是，浅尝几口，就放下筷子了。

现在想想，无论娇艳的红菱还是看似小清新的菱角炒肉，都比不过外婆家那口脏水池塘里长出来的老棱。大概最好的味道总在童年的回忆里吧。可惜，多年以前，两位舅舅造新房，这口池塘先是被填作了菜地，后又被浇成了水泥地。于是，菱角没了，池塘没了，我的童年也被填没了。

丰盛的螃蟹宴

一代人对下一代人的教导，
不仅仅是美食，
还有充满烟火气息的生活。

文/林毓宾

在我稍微懂事的童年时期，父亲已经被单位派驻汕头市区工作。每个月父亲会回家住几天，既是回单位处理工作，也是回来探家。20世纪80年代初期，汕头刚进入经济特区建设阶段，它对我有着很大的诱惑力，"去汕头游玩"成为我的一个目标。

大约在我十二岁那年，父亲要返回汕头上班，刚好学校放暑假，父亲便把我带上。每天，父亲忙着工作，我就在宿舍附近逛街。

父亲的宿舍位于老城区的通津街，街口有一个蔬菜市场，有不少摊档卖海鲜。每天中午，父亲要是能赶回宿舍，便带我到食堂吃饭；要是赶不回来，我自己到食堂吃饭。晚餐，通常是父亲下班后自己做。由于长期在外工作，父亲的厨艺日益见长，他成为通津街菜贩的熟客，从他们那里学到不少烹调技艺，厨艺更加出色。

每天下班，父亲顺路买菜回宿舍做饭。一般情况下，此时菜价略低，特别是海鲜降价更多些。父亲喜欢吃螃蟹。那时，普通螃蟹一斤3元~5元；黄昏要收摊档时，菜贩会减价，一斤约2.5元~3.5元，甚至更便宜。

优质的螃蟹，蟹身健壮，轻捏能感到其坚实；劣质的则相反。如果螃蟹生活的环境清洁，蟹身呈深军绿色，且油亮有光泽；反之则蟹身黯然无光。螃蟹每次成长要经历蜕壳，在蜕壳前要积蓄很多营养，供新壳长成硬壳，这类螃蟹被称为双壳螃蟹。

几乎每隔两三天，父亲就会买螃蟹给我吃，他从菜贩那里学会了怎样识辨双壳螃蟹，并且也教我怎样识辨。有一次周末父亲带我去买螃蟹，让我挑选双壳螃蟹，卖螃蟹的菜贩笑着说："如果别的顾客像你这样做，我亏大了……"父亲笑着说："我是老顾客，最终还是你赚得多。孩子嘛，光教没用，要让他实践才行。"

在父亲的调教下，我品尝、挑选螃蟹的水平也渐渐提高。有一天，父亲下班后带我去买螃蟹，那次我挑选了三只，父亲挑选了五只。我想：买这么多吃得完吗？

那晚在香喷喷的白米饭的带动下，四只螃蟹在我的舌尖留下久久的回味。我挑选的三只螃蟹中有一只是双壳螃蟹，肉嫩甜，蟹黄香，为了奖励我，父亲让我独享受这只双壳螃蟹。

隔天，父亲的朋友来访。父亲与他聊到吃螃蟹一事，朋友说："你儿子一下子吃四只螃蟹，没拉肚子？没过敏？"父亲说："前段时间我经常买螃蟹给他吃，就是为了试试他的消化功能好不好，结果没事。"朋友说："你不仅懂得买吃的，会做吃的，还在培养接班人。"父亲几分谦虚、几分得意地说："不是啦……教他几次，没想到他很快学会了，昨晚他还挑选到一只肉质很好的双壳螃蟹。"父亲的话语中，不由得露出几分得意!

若干年后，当我结婚成家，成为孩子的父亲，我才领悟到，那一餐丰盛的螃蟹宴是父亲的得意之作!

越来越感觉到，我在选用食材、烹调方式、刀法、调味等方面，几乎都深受父亲的影响，他不仅仅教导我烹调技艺，还将人生道理通过厨艺传承给我。以前我不大懂得这些，直到后来我才领悟到。

实事求是，勇于尝试；不怕失财，探索求进；灵活变通，不墨守成规；别人的意见只供参考，别盲从，要用实践验证理论——烹调如此，工作如此，做人也如此。特别是最后一条，对我的思维影响很大，促使我对眼前事常反问：我是否有必要去做？这事儿是不是我想要的？要是这种方法行不通，该用哪种方法去做？

生活中有一些事手把手教就能学会，有些事需要边教、边学、边领悟才行，有些事则完全要靠自己去揣摩、领悟才能弄懂、学透。

生活宛若一台过滤机，滤去杂质，方见本质。比如父亲的厨艺，比如他教我学厨艺的方法，比如我通过掌握厨艺的技法去理解生活，用不同的思维方式去理解不同的事物。

面粉、玉米粉、燕麦片、核桃仁、芝麻、盐，加水搅拌均匀煎成饼，香味令舌尖陶醉。八岁的儿子很喜欢吃我做的煎饼，他稚声稚气地说："真好吃。爸爸，等我长大后，你教我煎好吗？"

当然好，宝贝。

看着儿子津津有味地吃着饼，一股莫大的成就感突如其来，将我笼罩其中。突然，我猛地想起，当年父亲看着我满嘴沾着蟹黄，饭碗旁尽是蟹壳时，那浓浓的成就感也应该是洋溢于怀。

潜移默化，口授心传，一代人对下一代人的教导，不仅仅是美食，还有充满烟火气息的生活。

四季之食

比一座村庄的历史更为久长，
甚至比人类的历史还要漫远。

文/蔚蓝

春食记

"竹外桃花三两枝，春江水暖鸭先知。"这是苏学士的一句诗。意思是春天被日日与水相伴的鸭子最先知晓。这是诗人久坐书斋、偶得游玩后的一句想当然，"子非鱼，焉知鱼之乐？"

而物候学上春天的定义是，平均气温在 10℃~20℃之间。枯燥冰冷的数字，将这个季节打发。于我们来说，春天不是一个诗人即兴的揣测，也不是一个空洞的数字。这个季节，自有迥异的气息与声色昭示着它的驾临。先是从一场黄昏的南风开始的，风温暖而又清寒，带来了远方惆怅的气息。接着雨淅淅沥沥下在无边的沉夜，打湿了人的梦境，也润泽了冬天干涩的空气。雨色空蒙里，河畔苍枯的木杨一树黄绿的新芽。晓风浩荡人间，有几声蛙鸣响起在沉寂了整整一个秋冬的池塘。春，开始了它的序曲。

于园内的菜蔬来说，在春风细雨间，又是一番乾坤。春天的雨水，真是一个神奇的物事，润物细无声，却悄然改变着山河。大地渐已苍翠，菜蔬们改变了冬日里矜持宁静的模样，在雨水间听得见它们生长的声音。萝卜变得异常肥壮，它的甘甜也随着冬天的白雪远去，变得粗糙而难以下咽。菠菜不再是一番嫩绿的模样，蓦然间，从芽心生出枝柄，长满尖刺。白菜肥绿丰硕的叶片，疯狂地生长，巨大的叶子失却了昨日的容颜，满眼是一片苍白到近乎枯萎的绿。而在几乎不停息的生长间，却有一种只属于春天的食物悄然长成，白菜的叶芽从巨大的叶片之下一簇簇生出，我们称之为菜薹，菜薹美味鲜嫩，汁水饱满，蕴藏了春天所有的美德与气息。一场雨后，昨日还几乎不曾见的菜薹一夜间就从白菜的叶片下生出，沾满了昨夜晶莹的雨露。轻轻从根摘下，洗净，放入几片蒜叶或腊肉清炒，清鲜入目，甘甜芳香，恍若门外繁茂的春天在舌尖上绽放。

只是，这菜蔬总那么短暂又短暂，转瞬即逝。春天的山河，不停地变幻，如圆舞之曲。大地微绿、青绿、墨绿、苍绿，蔚然一片，漫到天涯。天空灰暗、淡蓝、蔚蓝、幽蓝，宁静苍茫。梅花、李花、杏花、桃花，绽放又凋零，风不停息地歌唱。几场雨后，不几日，这些菜薹就纷纷老去，嚼在口干涩得如同枯枝。春天不总是新生，也有着一场又一场别离。故去的人、长眠在远方的山冈、那些喂养着人间整个秋冬的菜蔬终于在这个季节里远行，随着菜薹的老去，那些黄色灿烂的花朵，还有那些秋菘幽蓝的花朵，在春风里摇曳，恍如向人间做最后的告别。

菜薹老去，那些种植的黄瓜、四季豆、丝瓜刚长出纤长的藤蔓，还未结出果实，田野间只是一场又一场的花事，先是杏花，接着是桃花、李花、菜花，轮番在大地上盛开，再接着是杨花、槐花、楝花开满了整个江南的天空。所有的草木都在不停开花，开花，仿佛遗忘了这个时节还要有菜蔬喂食人间，只有韭菜是个例外，鲜绿涨满了春天的汁水，刚割了一茬，又在一场接一场的春雨里疯长，几乎一夜之间又长高半截。这个季节，蛰伏整整一个冬天的母鸡们，满眼是吃不尽的植食与昆虫，它们整日唱歌，整日在野地里埋头觅食，春风吹动它们光泽闪亮的羽衣，这一切使它们的屁股肥美丰硕，生出的那些鸡蛋又大又圆，蛋白清澈，蛋黄金泽。而鲜嫩、散发异香的韭菜与新鲜丰盈的鸡蛋相遇，是春天一道最地道的交响乐。齐根剪断，韭菜饱满的汁水溅满手臂，芬芳浓郁。就着春天涨满春水的池塘洗净，偶有蛙声响起，鸟语呢喃。洗净，切成段状，倒入已放入鸡蛋的油锅中，爆炒几下，韭菜浓烈的香气与鸡蛋的芳香奇妙地结合，让人闻之一早已垂涎。不怪乎千年前的那个黄昏，流落天涯的杜甫，拜访多年不见的清贫友人，一道春韭炒蛋、一碗黄粱米饭，竟能让他感慨万千："夜雨剪春韭，新炊间黄粱……明日隔山岳，世事两茫茫。"尘世的沧桑与人间的温暖流于笔下。韭菜炒蛋，是我在外几乎最常见的一道菜肴，可是我很少品尝，在我眼里这只是一个标本罢了。那些韭菜无一例外来自大棚，没有春风春雨的滋润，浇灌的永远只是肮脏来历的不明的臭水与肥料；那些鸡只是生长肉食与生殖的机器，它们的一生只在暗无天日狭小只容一身的牢笼中度过，被激素催促的鸡蛋，不分季节、不分白天黑夜源源不断地从流水线上排出。

三月无疑是春天的深处。初春，春还未深，为雏形。虽暖风已吹拂大地，但还残存着冬天的山水，草木刚吐露出新芽，天空单调枯灰，少了春天最浓的味与色。暮春，早已是这个季节的残山剩水，猛烈的阳光与东南方来的季风，收拾着春天的残破的城池。唯有仲春的三月，春色最深，春意最浓。阳光丰盈却不热烈，耀眼金黄，黄金一样的色泽。雨水充沛，不徐不疾，滋润着山川草木。花朵鲜丽，东风里摇曳歌唱，不停息地盛放、凋落。木叶碧绿，涨满汁水。鸟鸣清澈，若流水洗滩。人间却还有一道这个时节的美食让我们念念不忘，贫穷的年代，总是饥肠辘辘，几乎所有的美好愿望都与食物有关。食物丰饶的年关早已成记忆，端午的粽香还在遥远的五月，这个时节的近在咫尺的一个节日，让我们无比期待。乡谚云："三月三，吃米粑。三月三，坎猫（青蛙）叫呱呱。"当这一天终于在我们期盼中来到时，我们甚至无心做任何事情，课堂上心早已飞出教室，飞到回家的路途上。当我们终于在暮色里踏上归途，空气里弥漫的春天草木的强烈气息，其间夹杂着米粉醇厚的芬芳。一缕缕淡蓝色的炊烟几乎升起在每一座房屋的上空，在晚风里摇曳着迷人的姿影。

很难想象，从秋天田野里收割回的长条形稻米，已变成白色的粉末。在热水的蒸煮与手掌的有力揉搓之下，软糯绵黏，最后又被均匀地做成粑皮待用。粑馅无疑是最期待的，不一定是当季菜蔬，几乎是各种菜蔬的大杂烩，在这里有了一种奇妙的组合排列。春天的韭菜、蒜叶，秋天晒干的豆角，冬天留存的白萝卜丝、腊肉……四季的菜蔬、诸多的滋味，在米粑的小小皮馅之下，在烈火煎蒸之下，相识，相交，相知。很快，一锅米粑被煎得油亮金黄，焦香扑鼻，食在口中，在春深静夜，有雨声零落，蛙声如鼓，万千美好滋味泛上心头，让人迷醉。昨日时光，忆在心头，也食在口中。

多像一个人的苍茫往事，隔着一条时光之河。而春天与夏天屏障着一个漫漫的梅季。春在雨水的这头，夏在雨水的那头。雨水这头，布谷在春野上空啼鸣，麦子青绿，春花盛开，春天的菜蔬繁茂又枯萎；雨水那头，春天已然远逝，布谷也不见踪迹，亚热带热烈的阳光下，知了不知疲倦地歌唱。金黄的麦垛堆积在村落，南风猛烈，一朵云又一朵云倏忽飘过天宇。白菜萝卜不见一丝踪迹，韭菜怆然老去，失却了春日鲜嫩模样，隐藏在夏日茂盛的草间。黄瓜金色的花朵开满的藤架，一挂挂瓜果悬挂枝头。扁豆、蚕豆、四季豆一串串花朵之下，成熟的果实等着采摘……

菜蔬又一片山河。是以春食记之。

夏食记

这个夏日,在这个漂泊多年的异乡,现在我每天的饮食生活是这样的:早上起床,匆匆吃点儿泡饭咸菜,打发肚子。如实在肚饿,不嫌脏,就在早点店买一碗拌面或一碗稀饭加几只包子,讲究一点儿时,就耐着性子,等卖早点的大姐差点儿飞起来地煎只鸡蛋香肠油条饼。中饭在食堂吃工作餐,烧饭大姐实在是个缺乏想象力的人,好好的食材几乎成了菜蔬样板戏。好在工作已半天,饥肠辘辘,又加上免费,白捡便宜地当作美味。晚餐也实在没有兴致,在菜场逛一圈下来,那些鲜绿却来路不明的菜蔬,让人陌生,提不起买来的兴趣,最后只能面条或几样简单的菜蔬打发而过。

我实在不知现在这样生活的意义。都说工作是为了更好地生活,可如今的生活我实在不能找出一点儿乐趣,多少次想不如归去,可总有一条无形的鞭子在我的身后不停地将我驱赶,让我不停却不知方向地奔波。

不要想这些伤神的事情吧，这样的生活让我怎能不怀念起故园的生活呢，还是说说那些过往的夏日吃食吧。多少年过去了，清晰得恍若昨天。

夏日，我总是在一缕凉爽的晓风里与清脆的鸟鸣之声里醒来。晨露打湿了草木，紫红紫蓝的木槿花、牵牛花开满了篱笆，屋角的夜来香还散发着腥甜的芬芳，繁星一样盛开的指甲花缀满了枝。天空蔚蓝，一大朵一大朵巨大的白色云朵漂泊在天宇，大地生机勃勃。在母亲的呼唤声里，我总是熟悉地走向厨房，早粥的芬芳吸引着我的味蕾。不出例外，早饭是一锅早米粥，刚刚收获的早米还保存着植物的芬芳与色泽。淘尽新米，加三四倍水在大铁锅中煮开，灶是那种土灶，是后园里挖出的浆土所砌，柴薪是刚收割晒干的菜籽杆、麦秸，这些美丽的植物老去枯萎，最后在灶里化作一团热烈的火焰向人间告别，一生都献给了这片钟爱的土地。第一次煮开之后，加上几瓢冷水于粥内，文火焖十分钟左右，再次煮开，一锅新粥就做成了。软糯晶莹淡绿色的稀粥，散发着甘甜与芬芳，就着一盘咸菜或一点儿腐乳，甚至什么也不需要，就可以让人胃口大开。如同这个季节，它只属于夏天，当夏天的背影悄然消逝在苍茫的秋风之中，煮出的新粥再也没有那种绿色的色泽与芬芳。

在我们享用这些美味新粥的时候，母亲早已从菜园里采摘好菜蔬。夏天的菜园，总是那样绿蔬葳蕤，生机盎然，多像那时的母亲，年轻健康，浑身有使不完的力气。那些仿佛摘不尽的菜蔬堆放在竹箩中，沾满了新鲜的晨露，被挂在屋檐下，防止鸡鸭偷食——这同样是它们的美食。我们的眼睛也不时在箩中巡视，夏日的各类蔬菜罗列其间。我喜欢黄瓜、番茄，运气好还能找到香瓜与菜瓜。它们都饱满、芬芳，散发着成熟瓜果的自然气息。它们经过风、雨露与阳光的滋润。从出生到瓜熟蒂落，一直与我们相伴。现在我再也看不到、吃不到这种瓜果了，它们都是在大棚里不分季节地被过早地催肥催熟，来路不明，怪异的味道让人难以下咽。当然，这些来路不明的蔬菜也没有故乡的气息。我最爱的一道菜看是蒜泥紫苋，不是因为它的味道，而是因为它美丽的色泽。紫苋长在满眼绿意的菜园里，远看紫绿相间的叶片像极了花朵。做法极为简单，摘来洗净，（那些摘过的茎干，一夜之间就发出新芽，几日就复蔚然一片了，经夏至秋，生生不息），将菜油烧热，丢入几瓣蒜头。蒜头是夏初刚刚在那块如今生长苋菜的地头收获的。蒜炸香后，放入紫苋，爆炒即可。炒熟后的紫苋仍紫艳无比，放在洁白的米饭之上，瞬间米饭也染上了紫红的色泽。甚至偶尔涂到小手上，红艳艳的，不舍得洗去。

夏，暑也。江村的夏天，副热带高压牢牢地驻在这片幽深的河谷，总是那么酷热难耐。难得有西瓜冰饮解暑，那时在贫穷的乡村实在难有余钱购买，唯有绿豆汤几乎是每家必备。绿豆，这种不起眼儿的植物，在江村满眼数不清的草木之间，与乡间那些素朴一生的妇人一样，人们从未发现过它的美丽。春天播种，夏天生长，寂寞无言，灰绿的叶片几乎低到尘埃之中，暗蓝色的一簇簇花朵隐藏在叶片间，待秋天收割的时候，甚至不知道它的存在，农人就把它收藏起来。只有夏天，在某个炎热的午后，它又开始突然出现，经年之后，仍绿莹莹的、鲜艳饱满。与绿豆一同出现的还有瓦罐，早早被洗净放在灶头某个角落。瓦罐安静拙朴，摆放在某个角落，让人想起古老的光阴。同于江村所有的物事，它一样来自乡间的土地，它或曾属于某个先祖，被一代代地传承给先祖的子孙，刻满了时光的印痕；或者是母亲从哪位走村串巷的陶匠手中买得。它曾在母亲病痛时，为母亲熬制过苦涩的中药；也曾在秋天或某个冬日煨过一只母鸡，滋补我们正在发育的身体；或在春天，在屋檐下接过一夜的雨水。土灶里火堆还未褪去光芒与热烈，现在绿豆被盛进幽深的瓦罐，瓦罐又盛放适量的清水，盖上盖子，最后被火堆环绕，把它交给时间，任其熬制。夏日的江村又顷刻遁入无边的宁静，穿堂风吹过竹床上午睡的人们，木叶摇曳，鸡栖息在树下做着谁也不知道的梦，鸭子倦怠在池塘里侧头奇怪地凝望天空，那里有它们遥远得有点儿模糊的飞翔之梦。唯有夏蝉不知疲倦地歌唱。其实瓦罐也在"咕咚，咕咚"地歌唱，只是没有人知晓罢了。

当日光落到树头的时候，睡起的母亲会掏出瓦罐，午后还清绿分明的绿豆和水，已煮成芬芳四溢的绿豆汤。倒入一个个粗瓷小碗，加上一勺白糖或冰糖，那种滋味多少年也不曾忘记。现在当然也有绿豆汤，随时可以享用。去超市买来绿豆，浸泡下，放入高压锅中煮一下，便可食用，却再也没有那样的滋味了。

我喜欢在夏日黄昏的乡村里游荡，阳光已然退去，暑热暂告一个段落。我喜欢看炊烟一缕缕升起在村庄的上空，还喜欢空气里弥漫的芬芳，那是只属于夏日食物小麦粑的气息。很难想象，春天生长的绿色的麦子，穿插其间开放着金色花朵的油菜，在这里又一次相遇。油是油菜刚榨出的香油，香气四溢。麦粉是刚收获的麦子，洁白如雪。当然还少不了夏韭，虽春韭秋菘，但夏天的韭菜仍有浓烈的芬芳。切碎，放进麦糊中，搅匀，便可放在沾满香油的油锅中煎烤了。又一块块放在粗瓷大盘中，金黄芳香，就着糯香的稀粥，让人忘却暑气。

当暮色徐徐升起在天际，但天宇间仍有微光照亮，劳作一天的家人才能悠闲地围坐在庭院之中，边拉着家常，边"咕咚咚""咕咚咚"地喝着稀粥，嚼着芳香酥黄的小麦粑。倏忽之间，一轮金黄色的夏日明月悬挂在屋角。偶有夜风吹过，蝉声又明亮摇曳，在风的侵袭之下，与白昼喧闹的蝉声相比，鸣声更为尖锐清脆，让人听见总有点儿莫名的惆怅。

秋食记

难得的假日，一觉睡到日上三竿，顿觉饥肠辘辘，还是下楼去填饱肠胃吧。

城市的好处就是永远可以寻得物质的享受，这也是我这个懒汉热爱城市的理由之一。可以随时去享受美食，不问白天黑夜。而乡村等待你的只是残羹剩饭。楼下就有一间天津包子铺、一间忠县面馆，旁边一处衢州土菜馆，还有一家千岛湖鱼头，再不远也有一处舶来的麦当劳。转了一圈却了无兴致，回到房中，随便做点儿打发自己空空的肠胃。虽然城市提供着乡村所没有的便利，但这些餐馆一年四季做着永远不变的菜肴，不分季节的番茄炒蛋、酱爆茄子，那些来历不明、大棚里化肥农药浸泡的菜蔬冒充着土菜，欺骗着食客的味蕾。城市接纳着四方的美食，却失却了它本来的味道。这也是无奈之举，城市周边那些曾生长着草木的良田，已一步步被房屋与道路蚕食。在这个秋天，还是写些与秋天有关的食物文字吧。

秋天草木黄。总是这样的，当秋天来临，天空有了远意，在阵阵清凉的微风里，草木枯黄，山川清朗而遥远，蝉声也不似夏日那样热烈，渐渐零落起来，四野浸渍在一种莫名的宁静之中。

春韭秋菘，地里的菜蔬也换了一副副面孔。黄瓜老了，臃肿而苍黄地垂挂在架上；丝瓜也褪去青青的容颜，一挂挂空空的褐色皮囊在秋风中摇晃；苋菜改变了往日鲜嫩可人的模样，高高的植株上生满了尖刺，一簇簇细碎的花朵缀满枝头；而春夏芬芳可口的韭菜则开出了一朵朵美丽洁白的花朵，一株株林立在地头，蔚然一片，秋风吹过，摇曳生姿，让人徒增惆怅。

当然，那些新生的菜蔬渐渐成了主角。蒜苗刚刚露出了新芽，秋菘青绿绿的刚盖满了地面，而正苗壮成长的萝卜秧苗成了初秋菜肴的主角。多年过去了，我漂泊在这座同样是江南地带的城市，在初秋的街巷，我还能看见它们的身影。在清晓抑或黄昏，它们被整齐地摆放在街角，贩卖它们的都是些上了年纪的老人，他们都是这座城市远郊的农民，一大早就赶了班车而来。我甚至什么也不买，常静静地看一看他们，看看他们面前摆放的萝卜秧苗，心间总是温暖，仿佛他们是我在异乡的故人。

物候学上秋天的标准是：炎热过后，五天平均气温稳定在22℃

以下就算正式进入了秋季。而我固执地认为，秋天总是从食用萝卜秧苗开始。当八月末，夏天还肆虐着它的威力，父亲却在等待一场雨，准备播种属于下一个季节的作物。一场雨总在夜里或黄昏里如约而至。空山新雨后，天气晚来秋。天气霎时清凉起来，湿润的泥土被父亲播下了白菜、萝卜、芹菜、大蒜的各种种子。仿佛天地间有一种神奇的声音，在向这些在土地里辛劳一生的农人召唤，让他们在每个不同的时节，依节令而作。

不出半月，播撒下的萝卜种子在几场雨后近乎疯长一样，绿莹莹地映满了眼帘。一把把拔出，稀拉拉地留下几棵，待其秋后长成肥美洁白的萝卜。秧苗洗净，晾干，放在沸油中爆炒，一盘鲜嫩的秋天第一道菜肴上桌了。那时家贫，在夏秋之交，夏天的菜蔬纷纷老去，秋天的菜蔬来不及上口，只能就些咸菜入腹，而这新鲜无比的萝卜秧苗无疑是此时最美味的菜蔬。每天走在放学归来的路上，整个村庄的空气里弥漫着萝卜秧苗炒熟后的芬芳，刺激着味蕾，不由得加快了归家的脚步。迫不及待地放入口中，苦涩的清香弥漫开来，让人莫名地感觉温馨。多年后，那才知那是故乡秋天的滋味，只是人亦悄然老去。

春有豌豆、蚕豆，夏有四季豆、豆角，而秋则有黄豆、扁豆。土地总是这样丰饶，源源不断地向那些勤劳的农人馈赠着各种食粮与美味。扁豆在秋天出现，于我总是一个意外。我实在不知道母亲什么时候将扁豆的种子种下，种在哪里。那些菜蔬都有自己的地盘，被父母整整齐齐地种植在棋盘一样的田地间；而扁豆，我却找不到它们的踪迹，甚至它出芽，生长，攀附在篱笆上，纤长的藤蔓、墨绿得有些发黑的叶片没在夏日浓郁的草木之间，我都没有知晓它的存在。随着秋的次第深入，草木凋零，显现出瘦削或丰腴的骨骼，而一簇簇幽蓝的扁豆花开满篱笆的时候，我才惊诧它的存在，有一种不期而遇的惊喜。那些美丽的花朵一直从初秋开到秋末，像波浪一样涌上了篱笆、柴垛、树木、屋顶。怪不得板桥说，满架秋风扁豆花。与豌豆一样，我实在不能想到这样美丽的花朵也是一种菜蔬。曾思忖着，哪一天老了，在故园的篱笆旁，定要植几株扁豆，让它们爬满篱笆与斑驳的窗台，在萧凉的秋天与人生暮年，这绚烂鲜艳的花朵让生命也有几抹亮色与生动。

在我们这边，有青扁豆、红扁豆，还有紫扁豆，记忆里粗麻素服的母亲却喜欢种植紫扁豆，也许这些色泽鲜艳的菜蔬，可以补偿她那些可望而不可即的、关于美丽衣裳的遗憾吧。撕去筋络，洗净，放入几瓣同样在这片泥土里生长的蒜头，爆炒后，入口糯香软绵，仿佛秋天。

扁豆的种子是彩色的，与其他各色豆类的种子能很好地区分开来。它斑斓的色泽，我是极喜欢的，总央求母亲放入粥中熬制，味道已然忘却了，却记得粥的颜色——红艳艳的，美丽至极。

秋风起，蟹黄肥。故乡虽也处江南，那时却鲜有人对这种张牙舞爪的怪物有什么兴趣，只是抓住，放在火里烤熟吃了蟹黄了事，想来实在是暴殄天物。在这个时节，却对另外一种同样肥美的食物极为重视。经过一个春天夏天乡间各种食物滋养的鸡雏，现在已长成年，几乎是每家滋补的首选食物。幼时，常会食用这种与自己日日相伴的动物，心中满是不安与罪过，总会为此难过一阵子。但它们炒熟后香味飘进鼻孔的时候，我总是禁不住诱惑而狼吞虎咽。这些新长成的公鸡雏，与那些经年的老母鸡相比，肉质更为鲜嫩，不适合清炖，只适合清炒。几乎不要放任何作料，只要加几瓣蒜头，爆炒后，其滋味鲜美无比。也许是出于饲养它们却亲手结束它们生命的愧疚，母亲在宰杀它们的时候，总是念叨道："小鸡小鸡别作怪，你是人家的一碗菜。"人处在食物链的顶端，这也是无奈之举。

在外总食不到这种美味的佳肴，有的只是各种调料色素勾兑的所谓美味。据说这些可怜的家禽从出生到死亡只有短短的四十五天，一直被囚禁在不能转身的狭窄空间里，不停地进食进食，直到被宰杀的那一天。它们没有生命，只是一堆会生长的肉块。

每次回家，不要我说，老母亲懂得孩子的心思，早早就为我准备一瓶豆酱，放在玻璃瓶中。在异乡，品尝着它的芬芳，却让我一次次怀念故乡。

说豆酱属于秋天的食物不甚准确，经春至夏，又过了整整一个秋天，才最后把它酿制成。豆酱有黄豆酱、蚕豆酱，我更喜欢蚕豆酱。在暮春的一个梅季雨天，只有这样的时节，忙碌的母亲才有时间准备制作豆酱。窗外绿树如云，布谷在远天唱着远逝的歌声，春风摇曳。先是煮熟经年的蚕豆，剥壳，倒入适量面粉与冷开水搅匀。麦子、蚕豆这两种几乎相伴生长的植物，在这里又完成了一次相遇，相厮相守，至死不渝。搅匀后再一块块放在簸箕中，盖上棉被，不能见光，放在一个阴暗潮热之地静待几日，任其发酵，待这些块状物长出彩色的霉斑霉丝，即可放入陶缸中，放入适量的冷开水酿制了。其间须每日翻动，不定量加冷开水，不可见雨水。待秋天将要远逝的时候，窗外的树木早已褪去了绿叶，布谷不知流浪在哪里，豆酱的芬芳渐已漂荡在村庄的上空。炒肉、煮鱼的时候，总会放上一勺，鱼肉的腥气在浓郁的豆酱香气里踪迹全无。

有些商家为他们的商品制造噱头说，"这是家乡味道的豆酱"，实在可笑。这些只属于那一方小小土地的蚕豆、麦子，阳光、清水，甚至空气，有什么可以复制呢？

母亲渐渐老了，再也没有精力为我们制作豆酱了。每次回到故乡，看到空空的行囊，总怅然若失。我知道，故乡正在远去。

秋天深了，地里的菜蔬已完全是另一番模样。韭菜藏在泥土里，白菜肥壮碧绿，萝卜繁茂墨绿，肥白的根茎撑出了泥土。还有芹菜，淡黄的嫩芽没在柴草下，木薯的叶子枯萎了，它们肥硕的根茎涨满了汁水……

它们都在等一场霜。白露为霜，一场如雪的霜冻过后，秋天就要逝去了，这些菜蔬却有了甘甜的滋味，仿佛亦是秋天的况味呢。

冬食记

少时，坐在寒冷刺骨、破窗户纸被风吹得呼啦作响的教室里，读刘长卿的诗歌："日暮苍山远，天寒白屋贫。柴门闻犬吠，风雪夜归人。"寂冷的意境之中，竟莫名弥漫着人间的烟火。风雪之夜，旅人天涯归来，苍山排闼，迎接他的是熟悉的狗吠、红红的炭火。心中却总没来由地出现这样的一幅画面：定有一盆热气腾腾的萝卜火锅，散放着芳香，等待着天涯倦客饥饿的肠胃。枯瘦残破的山水涌动着尘世氤氲的暖色。

冬天，地处江南的故园水瘦山寒，却并不死寂。大地总是这么丰饶，源源不断地馈赠着那些田野间劳作的农人。麦苗、油菜阴郁地绿着，匍匐在坚硬的地上。树木则褪光了秋天色彩缤纷的木叶，裸露出曲折的枝干。那些绚烂了一个春夏又整整一个秋天的草木，终把种子或根茎蛰伏在泥土里，等待着春天次第而至的鸣唱。唯有萝卜白菜是例外，异常肥美，郁郁葱葱地绿着，甚至有些夸张地鲜绿着，点缀着灰色单调的冬日远空，也喂养着人间的肠胃。

春韭秋菘。其实对于江南气候，准确来说，该是春韭冬菘。秋天，江南万物繁茂，没有北地的萧索之感。没了秋霜的浸润，白菜萝卜有一种辣涩的粗糙之味，那是炙夏残存的气息。唯有秋末冬初，几场不期而至的秋霜过后，清晓，大地一片素白，空气里弥漫着早冬的凉薄与静寂，这些越冬的菜蔬也有了甘洌、清甜的滋味，仿佛是远逝的秋天的味道。这时，这些菜蔬便成了乡间的美味。同乡间几乎所有的菜蔬一样，做法极为简单，洗净，切成块状或片状，清炒，便成为一道流传人间千年的美食。而也有另外一种不变的做法——萝卜火锅，无疑是冬天里最为美味的一道菜肴。想起遥远的故园冬天，总会想起萝卜火锅。

多少个这样的冬日黄昏，像古诗中那位归来的旅人一样，我饥肠辘辘，放学走在归家的路途上，寒风凛冽，足下是这片生养我的土地，不远处是炊烟四起的我的村庄，也常有风雪弥漫，覆满山河，却心生暖意。我隐约闻见了空气中飘荡着萝卜火锅的香味，不由得加快了归家的脚步。红红的炭火已燃起来，整齐地盛放在火炉中，蓝色的火焰舔着锅底，而切成块状的肥白萝卜已在火锅沸水中呈现淡黄晶莹的色泽。一家人陆陆续续从风雪之野归来，就着温暖的炭火，叙着家常。这样的火锅，调料是少不了的，其实也几乎是家常的菜蔬，一样从后园那方泥土里生出来的。姜丝与蒜叶段是必备之物。姜丝须先同切成块状的萝卜一同放沸水中，长久一点儿的煮沸才可使其入味；而蒜叶段须在几乎要进食时才放入，蒜叶的香辣可除却萝卜的涩味。这是最家常的做法，而在萝卜中加入猪油甚至加入肥硕的肉片，必定是难得一见、让我们期待的事情，草木甘甜的芬芳与肉味的醇厚结合，那种美好的滋味实在无法用言语形容。母亲会早早地去集市上割肉，只等着晚上为我们制作。虽然到晚上才能享用，但那寒冷的一天，因有了这美味的佳肴而让人欢悦。这样的时辰，父亲也总会饮上几杯酒。须臾之间，暮色早已涌上了木窗，灯火摇曳间，炉火渐熄，萝卜火锅早已被我们一食而空。绿蚁新醅酒，红泥小火炉。晚来天欲雪，能饮一杯无？

甚而在异乡，多少个这样的冬日黄昏，我走在喧嚣的归途，遥望着次第明亮的窗口灯火，却知没有哪一盏灯是属于我的，那曾熟悉的萝卜火锅同亲人远在千山之外的故园。千百次徘徊流转，却才知晓幸福原来是这样简单：一盏等你归来的灯火、一份为你而做的温暖菜肴，会让你的心浸入安宁。只是心已沧海，我再也回不到远去的时光之河中了，怅然良久。

冬天，怎会少一场雪？记忆里的江南冬天总是从一场雪开始。冬天的大地，荒凉冷寂，天空灰暗，却少了一种滋味，冬天少了一种火候与醇度，是一场不期而至的雪改变了冬天的模样。雪总从黄昏落下，漫天的雪花让人心生暖意与欢喜。雪的定义是落在空中的水滴因遇冷空气凝结而成的冰晶。很难想象雪的前身是雨水，这是迥异的两种物事。雪花晶莹剔透，漫天飞舞，而雨水总那么缠绵入到人的长梦里去。多像一个人，在光阴里颓然老去，谁还知晓她曾青春明艳的时光？

有一道菜也在等一场雪。落雪覆满山河，洁白清澈。忍不住俯下身亲吻一口，仿佛那是一种遗落人世的美味，让人迷恋。确实，这皑皑白雪是制作雪水鸭蛋必不可少的一道作料。虽天地间任何洁净之水都可以制作咸鸭蛋，唯有用雪盐水浸润的鸭蛋才别有风味。在雪后或雪花仍飘舞在天际的某个午后，我们总会不要大人吩咐，就提着木桶去挖雪。很快一桶桶洁净的雪提回家，倒进还残留着余温的灶锅中，让其融化。而洗净晾干的鸭蛋已叠放在加放盐块的瓦罐之中。待锅内雪水冷却完成，倒入瓦罐之中密封，最后放在一个阴暗干燥的角落不再管它，仿佛遗忘了一样。

经冬至春，积雪早已融入了深深的泥土，寒冬走在远行的路

199

上。接着南风吹拂在某个清晓，空气里弥漫着惆怅，一枚新芽绽放在杨柳的枝梢，或一声久违的鸟鸣响在檐头。又接着春雷滚滚，草木青葱，忍冬花开满了篱笆，空气里游荡着暮春的气息，雪水鸭蛋在某顿早饭或午饭被母亲悄悄端上了饭桌。对半切开，蛋白洁白剔透，恍若凝雪，金红色的蛋黄溢流出油脂。迫不及待地放入口中，蛋白咸香脆嫩，蛋黄糯实绵厚。那个写尽天下美食的高邮人，却对他故乡的咸鸭蛋念念不能忘怀，自恃地写道："不过高邮的咸鸭蛋，确实是好，我走的地方不少，所食鸭蛋多矣，但和我家乡的完全不能相比！曾经沧海难为水，他乡咸鸭蛋，我实在瞧不上。"故乡地处江南，同他的江淮故乡一样，多水泽，一样盛产优质的鸭蛋，一点儿也不逊色，又因雪水的腌制浸润，有种莫名的甘凉，食在渐渐炎热、草木葳蕤的暮春，想起旧年的风雪与时光，别有一番滋味在心头呢。

季节像一个人，也会悄然老去。年年岁岁，岁岁年年，同草木一样在大地上荣枯。当残雪已然远去，冬天悄悄老去，山河越来越显现出属于这个季节的气质来。天空苍茫，寒风呼啸，草木凋零，四野笼在一片无边的荒凉之中。于我们来说，这个时节，在菜园之外、荒野之中，有一种只属于隆冬的菜蔬隐藏在荒芜的草木之间，那是一道人间的美味。在我们这里，我们叫它"腊菜"，我甚至现在也不知晓它的学名。可这又有什么呢？它们本就没有名字，一代代生长在乡间，比一座村庄的历史更为久长，甚至比人类的历史还要漫远。像乡间那无数默默无闻的生灵一样，卑微却生机盎然，人世沧海，它们只属于自己，遵行着自己的生命节奏与韵律。在秋天的某个雨后，叶芽隐藏在仍绿意盎然的秋草之间，让人忽视了它的存在。冬天，当人们忽然想起它时，它的绿意早已蔚然在一片枯黄的草野之中。它锯齿形的叶片像极了油菜的形状，在这个冬日，却比油菜更为肥硕，叶片更为绿郁，几成墨色，生满了茸刺，在野地里随着季节兀自生长、繁茂，又凋零。

萝卜、白菜固然肥美，几个月不变样式的吃法却让我们心生厌倦，幸好腊菜补偿了我们此时寡淡的口舌。江畔、地头几乎都能零落或成片地见到它们的身影。冬天的某个午后，我们呼朋引伴，每人提着一只竹篮，带着小铲子，在寒风呼啸中走向凄清苍凉的原野。冬天的天空，晶蓝冷寂、辽远空阔，宽广的大河裸露出洁白的河床，我们小小的身影在野地里穿行。这片养育我们的土地，在冬天也无比丰饶，在枯萎的茅草间，蛰伏着数不清的植物，它们养育着我们，也养育着这片土地上的一切生灵——车前草、马兰头、马齿苋、蒲公英、婆婆纳、紫花地丁……当然也有我们最爱的腊菜。将那些肥硕的齐根斩断，很快就装满了竹篮。而纤小的留在那里，等着它们生长，给后来采摘的人。后来读《诗经》，读到"采采卷耳，不盈顷筐"，不觉莞尔，莫名地亲切，仿佛穿越时光，那是专门写给我们的诗歌。当然，我们那时不懂爱情，也不懂思念会如刀锋，把一个人的心切满伤痕。我们只有没有尽头又无忧无虑的时光。

却同几乎所有的菜蔬不一样，腊菜这种野生的蔬菜采摘回来，不能马上品尝。其实此时它的滋味又苦又涩，根本无法入口，与菜蔬固有的鲜嫩一点儿也不搭边。须先将其在阳光下暴晒几日，尽可能地多晒去水分；之后便放在瓦缸中腌渍，一层盐一层腊菜码上去；最后再压上一块重重的石头，便不再管它。待半月之后，母亲想起了这些腌制的腊菜，一缸腊菜早由墨绿的颜色变为芬芳晶莹的黄色，半缸渍出的墨绿盐水会让人想起腊菜本来的颜色。从盐水中捞出几棵，切碎，用油爆炒，入口，新鲜时的那种苦涩之味早已荡然无存，代之的是一种植物与盐、菜油的奇妙结合，脆嫩芳香、绵厚悠长，是一道下饭的好菜。虽然萝卜白菜也可腌渍，一样可口，可免不了一种永远去不掉的酸涩味道，而这是腌腊菜所没有的。腊菜不但可以清炒，还可放肉丁、排骨炒，滋味更为诱人，只是常不可得，这要等到年关将近的时候。腊菜要趁立春前采摘腌渍，过了这个节气再去采摘腌渍，腌出的菜滋味干涩得让人无法入口，仿佛

是另外一种植物。

冬天总要远行。是昨夜一场倏忽的东风吧，还是一夜零落的微雨？苍茫的大地带来了早春的气息，而腊菜却渐渐老了，一夜之间长高了许多，次第开放出暗黄色的花朵，漫至远方的天际。当然，接着那些同样属于冬日的萝卜、白菜也老了，腊菜花凋零过后，它们金黄的或幽蓝的花朵，波浪一样摇曳在远行的春风里，让人怀伤。毕竟又一年就这样已然逝去了。

呷一口茶，岁月悠长

茶或清淡，

或甘甜，或苦涩，

一千人喝有一千种回味。

文/何梅容

龙南山区，客人来，先泡茶，是历来的礼数。一杯清茶，对坐欢饮，闲聊家长里短、天伦之乐，备感亲切。

1

南乡地处金衢盆地，群山耸叠，竹木参天，溪水环绕，云雾常润，是产茶的好地方。茶者，南方之嘉禾。北宋蔡宗颜撰《茶谱遗事》："龙游方山阳坡出早茶，味绝胜。"1952年余绍宋编《龙游县志》："龙游南乡多产白毛尖，香高味鲜，销于上海、杭州竹木商人。"

白毛尖取一芽二叶，在清明前后采摘，经杀青、搓揉、初烘、炒干、理条、复烘制成后，细如雀舌，芽尖上带着些许白色乳毛。泡开后，挺直显毫，黄绿带润，香高味醇，鲜爽，汤色嫩绿明亮。此茶从前一般野生，手工制作，产量不高。

白毛尖，小时候记得娘装在小锡壶里。有远客来，从小锡壶中抓出一撮白毛尖，用甘甜的山泉冲泡出一碗茶水，这时一股柔柔的清香一丝丝地扑鼻而至。浅饮一口，顿觉齿颊留有余香，令人精神一振，心旷神怡。我偷喝过，几十年后想起，依然销魂。

爹是老茶鬼，早也喝，晚也喝，临睡前床头还摆个热水壶和一个"为人民服务"大瓷罐，起夜时喝一杯，美其名曰：喝了不烧心，睡得香。

爹是正话反说，他做豆腐的三更即起。夜里多喝茶，凌晨起夜正好起来干活儿。不过他不喝白毛尖，嫌弃茶叶没"露头"，喝起来不够味；爱喝谷雨后叫"老茶头"的粗茶叶。抓一大把，滚烫的沸水冲入，茶叶浮浮沉沉，一片欢腾，盖上茶杯，万物静息。

做豆腐是体力活儿，尤其在炎夏，干得满头大汗，口干舌燥时，他端起茶杯，咕咚一大口沁人心脾的茶，甘之如饴。有时将茶叶含在嘴里嚼嚼，徐徐咽下，仿佛服了仙丹妙露，疲劳顿消，休息片刻又能生龙活虎地干起来。

爹在饮食店里是干活儿好手。供销和饮食是一家，有时就被借调到供销社帮忙收购毛竹、茶叶。他也买点儿茶叶末，虽然是茶叶末，却是最鲜嫩的芽碎。泡出的茶汤清纯明亮，淡香，有回甘，如是小口缓缓地品味着，那苦涩中带有甘甜，浓郁中含着醇爽的茶香。

娘心情好的时候，会泡一杯，浅茶满酒享受着人间的美好，那一刻她笑得很恬静。夏收时，会用茶叶末煮上一大钢精锅的茶送到田头，拿上用小竹筒做成的"杯子"，一口气喝上一两

杯，解渴还能解暑气，真有一种暖舒快意的喜悦。

2

衢州有句农谚："儿要亲生，田要冬耕。"靠这靠那不如求自己牢靠，我娘深谙其道。等儿女稍大，她就去山里采野茶。山高路陡，虽说采不了多少，但积少成多，一年的待客茶就有了。她曾经一遍遍念叨让我学做布鞋，包粽做粿，长大了不会饿肚皮。可惜我自恃老么，半毛不学，老了只能唏嘘一番，传统手艺在我这儿断了根，对不起祖宗。

《龙游县志》记载："（民众）居广谷之府，农务勤，治无隙地，无地不整园。"家乡的人勤劳朴实，插秧插到边，种田种到天。层层梯田，与天相接，底下边是整整齐齐的茶树丛，平日里散发着静谧的气息。

从庙下到凉棚的公路边，连绵不绝的小山坡满是茶树。山枣坪、青苗垅、瓦窑岗等诗一样的名字，都是附近大队的茶山，后来有人承包，整成了时尚的茶博园。清明前十天到谷雨后十天，是采茶的高峰期。每到傍晚，街坊邻居相遇，妇女都会招呼一声："明天去摘茶叶？"对方连连说好。

摘茶叶是活络钱，早上摘，晚上结。拿到现钱，自由支配。大人孩子都喜欢，大人贴补家用，小孩子有了零花钱。何况采茶比起其他的农活儿更有趣味。

天刚蒙蒙亮，隔壁阿朱和阿四相携而行。阿朱年轻，戴了麦秸帽，宽边帽檐上红漆写着"上铁"，另一边画着铁路徽标。阿四年长，戴的是锥形笋壳笠帽，遮风挡雨透气。一人拿了一条蓝粗布做的围裙，兴冲冲地奔向茶山。

没多久，晨光大亮，四面八方的人越来越多，山上热热闹闹。妇女们将半个身子前倾，没入茶丛中，双手上下翻飞，一垄一垄地采；嘴不停，和邻居说天谈地。春阳暖暖，笼罩四野，欢笑散落在碧树丛中，是一种畅快肆意的气息在流动，好一幅江南美景。

采来的茶叶放在脖子上挂着的围裙里，慢慢地就有了分量，时间一长，腰有了下坠之感，脖子生疼。小孩子往往受不了这种苦，就偷偷溜了，结伴去茶树丛里采覆盆子或映山红。大人们也特别好脾气，说好的多劳多得，犯不着责怪。

采茶时节，娘口袋里有钱，家里伙食特别好。因为劳作，吃饭特别香，待到扶墙而出，夜已深。昏黄的灯光下，邻居家传来炒青茶的香味。

多年后，我有次路过茶山，听到有个妇女边采茶边娱乐，放的是《百鸟朝凤》。忽然间就明白，这真是采茶最好的喜气。

3

又梦见了父亲和母亲。父亲还记得孔庙那杯茶的味道。

先人说："父母在，不远游。"守着古训，记忆里好像真的没有带父母同游。况且父母生我时都四十多岁，等我成年了，他们都成了步履蹒跚的老人。经历过苦日子的人，都是实在人，把钱花在看风景上，估计他们首先想到的是浪费。

不过也有例外，记得那年深秋，父母在城里看病，碰上我有闲，就带他们逛街，商店里台阶多，老胳膊老腿走得不利索，况且也怕我花钱，看了几家就索然无味，提出回家。

阳光正好，映照着马路上梧桐树斑驳陆离的影子，煞是好看，照得我满心温柔。我就提议到公园里玩玩，树高阴凉，想不到父母欣然同意。

府山走了一圈，层林尽染，父母对树不陌生，指指点点，倒是添了欢喜不少。出了府山，就是孔庙，我对父亲说："这是孔老二的家庙。"父亲有点儿文化，知晓点儿历史。

入了庙门，银杏叶黄袍加身，仰望觉它仿佛有帝王之尊。后园的竹林边有孔雀，母亲没文化，看见了，初以为是鸡鸭一类，等到孔雀开屏，才恍然大悟说："比鸡鸭中看多了。"

池里养了金鱼无数，我买了鱼食，招呼母亲来喂，母亲嘴里说："我每天都喂鸡鸭，别花那个钱。"脚步却走得飞快，和五岁的灿一块儿扔，吆喝着扔这扔那，那真是隔代亲。

父亲持重，坐在亭子里，乐呵呵地看着。我给他叫了茶、瓜子和西瓜，边逗他："老爷子，就差一场戏了，不然你今天就是当年的孔老二。"

父亲是个老茶鬼，每天要喝上好几壶茶，看见有茶喝，自然高兴，喝上一口，低头问我："这茶多少钱？"我伸了俩指头。

"两块？""不，二十块！""啊，这么贵！"一口茶喷出来，父亲真是吓到了，二十块钱在乡下值好几斤肉。

"真是杀猪价！"父亲好心疼。

"这是孔老二喝的，当然贵！你就享一回福。"

"啧啧，好茶！"父亲把那一壶茶喝得底朝天，还是意犹未尽道，"这是我喝过最好的茶。"父亲早已羽化登仙，他那天心满意足的笑容我依然记得。

如今家里架子上放着好几壶各地的茶叶，有时偶尔泡上一壶，欣赏着三片叶尖在沸水中缓缓舒展开来时，我的心里一紧：父亲艰辛一辈子，可惜从未喝过一杯清可洗心的好茶。

如今父母早已过世。昨夜他托梦告诉我说，孔庙那杯茶的味道，他还记得！

茶或清淡，或甘甜，或苦涩，一千人喝有一千种回味。喝茶，有些人喝的是习惯，有些人品的是茶的悠悠意境。茶润情怀，呷一口岁月悠长。当窗外细雨蒙蒙，树影婆娑，鸟语花香，静

悄悄的室内，茶叶如一朵朵漂泊的云，落入杯中，腾起青烟袅袅，轻轻地啜，细细地品。苦尽甘来，沁人心脾，辗转出岁月里的故事……

有没有那么一顿夜宵，
能让你忽然想起我

哭着一起吃过饭的人，

也是会分开的。

文/淡淡淡蓝

1

曾经有一个以为能永远不分开的朋友。

我先她一年参加工作，那时我刚毕业，拿着一个月一百多块钱
的工资，独自一人在异乡的城市。她家庭条件不好，有一次她
寝室遭窃，仅剩的生活费也被洗劫一空。我把一个月的工资一

分为二，从邮局给她汇了过去，汇款附言里写：别担心，我工作了，以后我的工资有你一半。

我们给对方写长长的密密麻麻的信，诉说着各自的快乐和忧伤。

不喜欢的人在纠缠我，我不胜其扰。而她呢，也恋爱了，很快，却又失恋。

我们望穿秋水地盼着各自的回信，终于有一天，信件已经寄托不了我们的牵挂。她从学校坐末班车来我的城市看我，一下班，我就跑去车站等她。

车子到站的时候，已是晚上七点半了。正是冬天，我们冷得瑟瑟发抖，看到彼此，就眼眶发酸。我们第一次旁若无人地在车站抱头痛哭，也不知道哭了多久，饥肠辘辘，我拉着她去吃东西。

走遍这座城市的犄角旮旯，终于在一条小弄堂，找到了一家卖家乡米线（是我们读书时最爱吃的食物）的小店。街灯照得影影绰绰，小店的灯光昏黄，老板说着亲切的家乡话，锅子里扑扑冒着热气，两个眼睛红肿的女孩对坐举箸，呼哧呼哧地吸溜着米线，食物的温暖和美味让我们暂时忘却了痛苦和忧愁。

后来，因为一件事情，我们的友谊结束了。曾经约定"天长地久"的友情，就像那个夜晚米线的滋味，后来的我即使吃过无数次家乡米线，也再也找不回当初的味道。

我很少想她，是刻意地回避。前不久，看那部很"丧"的日剧《四重奏》，里面有一句台词：哭着一起吃过饭的人，是能走下去的。

猝不及防，我的眼泪就掉了下来。在寂静的深夜，我对着电脑屏幕喃喃自语：哭着一起吃过饭的人，也是会分开的。

2

2012 年，传说中的世界末日并没有如期而来。为了庆祝我们平安地活了下来，群里的闺密决定在那年的最后一天去泡温泉。

那晚，我们坦诚相见，共泡一池汤，共躺一板石。我们还比了比腰围，量了量小腿，看了看锁骨、蝴蝶骨、马甲线……甚至展露了彼此的小伤疤。

温泉池内，热气氤氲；温泉池外，天寒地冻，唯一遗憾的是那晚没有下雪。尽管如此，我们仍然兴致盎然，在一个汤池泡好，披上挂在一边已冻得快僵硬的浴袍，又欢乐地跳进另一个汤池，直到一个个泡得面色绯红，感觉身上的热量已足以抵挡住一切的寒冷。

泡完汤，离新年也越来越近了，闺密提议要去吃夜宵一起等待新年来临。关于夜宵，闺密有一套奇妙的理论，她说：晚上聚会后不吃夜宵，就好像一句话没有说完，一篇文章没有结尾，一场聚会没有道再见。

我们乐不可支，愉快地接受了她的建议。开车到了城里最火爆的夜宵店，虽然已是深夜，夜宵店依然坐满了食客。我们一人一碗牛肉粉丝汤，又点了两客生煎。其中一个晚上坚决不吃任何东西的意志坚定的闺密，在我们的挟持下，也终于象征性地挑了几根粉丝到嘴边……

回家的路上，新年的钟声如期响起。车窗外，烟花璀璨，爆竹声声不息。我们坐在车里望着窗外，格外平静和宁静。许是泡完汤吃完夜宵的我们已经累了，许是我们在心里默默感叹着，还能和好友一起，看着这个美丽的世界，是一件多么幸福的事情。

3

孩子高考结束的那个夜晚，接到闺密电话，她约我一起去喝酒消夜。

不知为何，那些在孩子高考前曾热切地扔下孩子去狂吃狂喝狂玩的欲望，在孩子高考结束的那一刻，也跟随着一起消失了。

仿佛就是在一夕之间，我失去了一切兴致。

无论那个闺密怎么诱惑我，我都拒绝了。

事后，看到闺密和另外一个朋友一起消夜，还发了朋友圈："有一个随叫随到的朋友真是幸福。"

我突然有一丝后悔。

想起也是这个闺密，曾经在一个下着大雨的夜晚，突然发狂似的想要吃淮南牛肉汤。群里的闺密被她一一撩了个遍，最后大家同意陪她一起疯狂。我们各自从家里步行出发，约定在某个地点集合，再一起手拉着手去牛肉汤店。

那晚的牛肉汤什么滋味我已经淡忘了，只记得那个夜晚，大雨，微凉，深夜的牛肉汤店依然点着温暖的灯光。四个女人围坐在一桌，看着老板把牛肉牛杂粉条包菜等各种食材放进门口那个永远咕嘟咕嘟升腾着热气的大锅，我们有一搭没一搭地聊着天，像孩子一样嘻嘻哈哈地说笑。

吃饱喝足，尽管夜已很深，尽管第二天要早起上班，可是在这个偌大的城市，想到始终有这些能随叫随到坐在一起消夜的友人，再孤独的内心也像是有了盔甲。

食物，是我们获得幸福感觉最快捷的方式，但很多时候，让我们念念不忘的，并不是食物本身，而是食物背后的一段段往事：那个和你一起泪流满面吃一碗面的女友、那个陪你一起微醺的朋友、那些陪你一起消夜的闺密……

写到这里，突然很想打电话给她。

"晚上一起消夜吗？"

除 了 吃 ， 其 他 都 是 小 事

一蔬一饭里的天长地久，
原是如此味永难言。

文/淡淡淡蓝

我的好朋友亚芳是北方人，她们家的饮食习惯北方口味偏多。
一有空她就亲自动手擀面，包饺子，做包子、肉夹馍，还有各
种稀奇古怪令人垂涎三尺的饼。一逮着机会我就去她那儿蹭
饭吃。

有一天中午，我们还在上班呢，她在朋友圈发状态："午饭，
两盘手工饺子，有图有真相。"

这个时候就要眼明手快，我赶紧"抢沙发"："有多的吗？我来吃。"

一下班，我就飞速奔赴她家

结果，除了十个水饺，她还给我煮了一碗小馄饨，烤了土豆饼和豆沙酥，外加一个橘子。

在她心里，我就那么能吃？

我想我应该装装矜持，假装我是小胃口的精致女人，故意剩下一点儿。可是，嘴巴和胃背叛了我的内心，我羞涩地把这一堆东西全吃光了。

前几天，快半夜了，我正准备睡觉，亚芳"微"我："我做了肉夹馍，好吃极了。极其成功。"

还没等我发嘴馋的表情，她又补一句："你要不要吃？"

我激动死了，以为她要我立刻、马上去她家吃。

心里七上八下斗争：这么晚了，做一个厚颜无耻的吃货真的好吗？

就在我犹豫的当儿，亚芳又发来一句："明天中午来吃。"

我顿时放下心来，不怕被她的俩宝贝女儿抢完吃不到了。

第二天，本来早餐给自己准备的是一只粽子＋一只蛋＋一杯牛奶，为了中午多吃点儿，我把鸡蛋留着放包里备用（万一中途饿了，就拿出来吃了算了）。

当然最后我艰难地忍住了。

亚芳还邀请了另外两个朋友一起去品尝，结果她们都有事去不了。

有什么十万火急的事呢？再忙也要吃饭对不对？对于我来说，"吃"字面前，其他一切都先让道。

主食肉夹馍，我以为搭配着稀饭吃，再搞点儿榨菜丝什么的就很好了对吧？

结果呢，亚芳又给我整了几个豪华的：玉米甜汤、鲜虾粉丝煲、炸馒头片、清炒绣花锦。

肉是炖了好几个小时的五花肉，看着亚芳小心翼翼从锅子里夹出两大块肥瘦相间香气扑鼻油光发亮的肉，我嘴里的口水就"哗"一下滋生了。

她呼哧呼哧吹着热气把肉切碎，用小刀给刚出炉的馍豁口，然后把滚烫的肉糜夹到馍里，哎呀，这过程看得简直不能忍。

开吃！哪里还顾得上什么吃相，直接用手拿起肉夹馍大快朵颐，感觉自己哪里只是少吃了一只鸡蛋，简直是好几天没吃饭了。

文友菟菟前几天问我："你最近在忙什么？文章都不写了。"

我理直气壮地说："我忙吃的呢，每天琢磨搞点儿什么好东西吃吃。"

其实年轻的时候，我并不是这么"贪吃"的人。

一碗白泡饭、一包榨菜丝，我也可以吃得津津有味。只要不让我下厨，给我吃什么我都不会挑剔。

一直到我自己动手后，我才领略到了厨房和食物的意义。

那些最动人的瞬间，不是你递我一支玫瑰花，说一句我爱你，而是你光着膀子在厨房挥汗如雨，我恰到好处地为你递上一块毛巾。

一把青菜一条鱼，人世间的匹夫匹妇。张晓风曾经写文说，看见有人当街亲热，竟也视若无睹，但每看到一对人手牵手提着一把青菜一条鱼从菜场走出来，一颗心就忍不住恻恻地痛了起来，一蔬一饭里的天长地久，原是如此味永难言！相拥的那一对也许今晚就分手，但一鼎一镬里却有朝朝暮暮的恩情。

暮色四合，多少人的步履匆匆，脸上的表情漠然心里却在思虑翻滚：待会儿鸡清炖还是红烧？虾白灼还是油爆？点亮暖黄的灯，从冰箱拿出一份份食材，洗洗切切，锅子里渐渐有腾开的蒸气弥漫，窗玻璃一团白雾，食物的香气飘了出来。这一刻，除了吃，还有什么人生大事？

厨房的一方小天地，却是一个大世界。每每在厨房安心地做一个主妇，再焦虑的心都会渐渐平静。香喷喷的食物让我们满足，让我们感知幸福，治愈着我们身外的一切疲惫。食物的意义，不是逃避，不是躲藏，而是慢慢改变心中真正觉得重要的东西。

岁月是一条静静流淌的、无法回头的河流，生命漫长过程中的那些悲欢离合，那些刻骨铭心，那些爱恨情仇，那些以为一辈子都忘不了的人和事，最终都输给了岁月。

能想起来的，还能让我们嘴角上扬，内心会柔软一下的，差不多也只是和"吃"有关的记忆了：

小时候外婆偷偷从做小生意的外公的钱盒里拿钱去给我买韭菜合子。

我高考那天妈妈特意给我做且只允许我一个吃的清蒸鳝鱼。

爱人找遍大街小巷买来我爱吃的家乡米线。

生病的时候孩子笨手笨脚地给我做了一碗红糖鸡蛋。

一个下着大雨的冬夜，几个朋友各自步行从家里出发，到我家楼下会合，去小吃街喝一道淮南牛肉汤。

那个静寂的深夜，四个女人肆无忌惮酣畅淋漓的笑声至今记忆犹新……

外婆的锅巴粥

乡下人烧饭，
不用淘米，
直接把自家的大米倒进锅里。

文/王向阳

小时候，吃完早饭，我几乎每天都去外婆家，跟在几个比我大不了几岁的姨妈后面。假如是在秋冬季节，外婆会削一根自家地里种的糖蔗，我边吃边玩，一直甜到心坎里。挨到中午，我就能吃上外婆用香喷喷的米汤（俗称汤水）做的锅巴粥了。时隔四十多年，至今想来，依然垂涎三尺。

在那个大集体的年代，虽然家家户户都穷得叮当响，可农家的食品都是自家种的，绿色无公害。吃的稻谷，是自家田里种的、自家晒场里晒的、自家柜子里藏的，清清爽爽，没有一点儿石子。要吃米了，自家挑稻谷到作坊里去碾米，自家风车扇净，自家米筛筛过，干干净净，没有一点儿杂质。这样的大米，真是珍珠白米。

烧饭是外婆的事儿，量米却是我的活儿。我手持一个小畚箕，"噔噔噔"跑上楼梯，来到米鬵前，揭开木盖子，扑面而来的是一股淡淡的清香。因为青黄不接，大米抠得很准，不能有一点儿浪费，不光要说几碗，还要说满一点儿还是浅一点儿。

城里人烧饭，对从粮站买来的大米一百个不放心，怕不干净，病从口入，总是要淘上三遍五遍，烧出来的米汤清汤寡水，更无香气。而乡下人烧饭，不用淘米，直接把自家的大米倒进锅里，舀进井水，盖上锅盖，燃起柴火，煮熟即可。否则，把粘在大米上的米粉淘掉了，就没米香，吃起来就索然寡味了。

烧每一顿饭，只用浅浅的两三小碗大米，却要舀进大半锅井水。等到水烧滚了，揭开锅盖，舀出一部分水来，就是米汤。那时候，农家没有烧开水的习惯，口渴了，喝几口米汤，香气馥郁，暖胃解渴。

如果直接用瓢舀米汤，米粒容易跟出来。所以，预先在盛米汤的钵头上放一只竹编的饭篮，用木勺把米汤和米粒一起舀到饭篮里，米汤渗过篾条的缝隙，流进钵头，米粒则留在饭篮里，然后把饭篮里的米粒倒进锅里，要是还有几粒粘在上面，再用瓢敲几下。一日三餐，每次都敲饭篮，而饭篮的底部圆圆的，像一个驼背佬。因此，家乡流传着一个谜语——"婆婆的家里有个驼背佬，一日敲三遭"，谜底就是算饭篮。

舀出米汤，在铁锅里放一个竹制的蒸架，放几只盛菜蔬的碗，跟米饭一起蒸熟，省得单独炒制，浪费柴火。也蒸一些番薯、玉米、芋艿之类的五谷杂粮，聊以果腹。

烧饭的柴火，一半是庄稼的秸秆，差一点儿的如稻秆、麦秆和玉米秆，顷刻间化为灰烬；好一点儿的如芝麻秆、木棉秆，还有点儿炭火，保持余温；最好的是硬柴，就是从山上砍来的灌木，烧完以后，半小时之内还剩炭火，发挥余热。外婆家一家七口，干活儿的少，吃饭的多，生产队里分的粮食年年不够吃，青黄不接，属于赤贫人家。而且，村里没有山，硬柴没得砍，要花钱到集贸市场去购买。作为家庭主妇，外婆处处精打细算，省吃俭用，甚至有点儿抠门，唯独对于做饭一途，颇为讲究，甚至有点儿不惜浪费柴火的味道。

每次做饭，外婆都用硬柴。等待灶头飘满袅袅的热气，一股米香弥漫灶间，锅盖下发出"毕毕剥剥"的声音，饭就快烧熟了，可以歇火了。这时候，灶膛里明火是灭了，依然堆积着一层红彤彤的炭火，慢慢熄灭，至少可以保温半个小时。

饭烧好以后，焖一刻钟，就熟透了，可以揭锅；吃饭再花一刻钟，前后不过半小时。因为灶膛里有炭火，锅里的锅巴特别厚，特别香。这时候，把一盆米汤倒进锅里去，还会发出"哧哧哧"的声音。盖上锅盖，继续焖上五到十分钟。然后，揭开锅盖，用锅铲把在米汤中浸烂的锅巴铲下来，做成黏黏稠稠的锅巴粥，香喷喷，热腾腾，火辣辣，真是人间一道难得的美食。

外婆烧的锅巴粥，除了材料地道，用自家种的优质稻米和自家舀的清凉井水以外，关键在于用硬柴，柴火旺，且恰到好处。柴火不旺，即使勉强有点儿锅巴，也不可能香气馥郁；柴火过旺，饭烧焦了，就苦了，浪费粮食。

后来，乡下烧饭改用铝锅，不用铁锅，烧出来的锅巴粥大为逊色。再后来，乡下烧饭跟城里一样，为图方便，弃用锅子，改用电饭煲，没有米汤，也没有锅巴，想吃一碗锅巴粥，变成一件奢侈的事情。

如今，外婆早已驾鹤西去。但愿天堂里还有柴灶，还有铁锅，她还能吃上一碗香喷喷的锅巴粥。

回锅肉与豆蔻年华

一股悠远的清韵自口腔逸出，
再喝一口淡雅的清汤，
一顿饭竟然吃出了禅意通透之感。

文/周芳

回锅肉的腔调

一位四川同学在群里感慨："到上海出差数日，每天嘴里甜不拉叽好难受，好想家里的回锅肉。"哈哈，作为一枚吃货，我懂得那种"才下心头，又上舌头"之心，家乡的美食仿佛是人喉咙里的一只小爪子，一旦远离，它就会不经意地给你轻轻挠几下。

作为女人，而且是眼架光学仪器之斯文女人，我的内心永远充满着大碗喝酒、大块吃肉之侠风豪情。在外吃饭，也做不来以樱桃小口浅尝辄止之态。相反，对一道道菜品必是两眼发光以对，暗中细究做法，有不懂之处，还必请服务员甚至大厨给说道一番——主妇多年，从来都觉得日子充实，与这个兴趣之所在不无关系。爱吃之人也必是厨房里的一把好手，以我亲身经历，十指不沾阳春水的人，一入围城，便无怨无悔地洗手做羹汤了。

那回锅肉便是我谦虚勤奋后的无数习作之一。坐锅，烧水，加姜，将上好的五花肉整条人内，煮到八九成熟时捞出晾凉，然后切成薄片——五花肉看似油腻，其实，正宗做法是无须放底油的，成品入口很有"Q"劲——重新坐锅，放入姜和蒜，然后将切好的肉片入锅爆煸至肉片略卷，此时，锅底已是汪着一层油，肉片原来丰腴白嫩的身姿也变得娇俏起来，薄薄地染着一层微黄，在锅中向厨者宣言："我已准备好，但见你的手艺了。"厨者自是懂得火候，将那郫县豆瓣酱随即入锅，"刺啦"声起——这永远是最强音符，让厨者兴奋——那种被滚油激出来的酱香味，瞬间爆棚，速炒几下再投以蒜苗，至此，回锅肉的浓烈香味提升到了最高层次，也只有此时，那肉片的品质才有了终极的改观，它以最华丽的转身来回报厨者的匠意。撒些红椒丝，就可以红绿妖娆地出锅了。搛一筷头肉片，肉片颤巍巍的，闪着油光，沾满酱汁；入口轻嚼，寡淡的口中顿时充盈着一种奇特香味，肉汁在唇齿间恣肆，浓香在肺腑间畅游。再配一碗白米饭，一口饭、一片肉地在口中细细地嚼，慢慢地品，顿时，会觉得所有的光阴都没有白来过。

现在经常有这么一句话：完全可以靠颜值吃饭的，却又拼起才华。这搁在回锅肉身上同样可以发挥其意。肉煮熟后，本来切制的肉片完全可以就此做个蒜香白肉，这已让一些老饕魂牵梦萦，却偏偏要再一次回锅烈火焚身，千炒万煸，让喜欢它的人获得更丰富的味觉体验，这种底气与拼搏，不是所有的菜品都可以应对的。我以为，所有能称得上佳肴的，都有一种彼此间的惺惺相惜，无论是物与物，还是人与物。比如说回锅肉，一次次挥铲后，锅中的肉片释放出一身的油脂，它的奋不顾身也等来了自己的绝妙知己：豆瓣酱和蒜苗。唯有这两样不离不弃的辅料才让它所有的等待不落空，让它的前生变成一碗千年的佳肴。同样，在水煮、切片、煸油等一道道程序中，也注入

了厨者一丝一毫的细腻，肉片最终的涅槃，也是对厨者倾情的
回报。

我做回锅肉，基本是按照四川同学教的套路来的，在附近的一
些饭馆也吃过，但都属改良版，至少豆瓣酱就很少用郫县的。
回锅肉，只是一道普通的川菜，从食材到配料，市井各处能寻来，历史倒是有些远久，传说为清朝一翰林独创。它能延续至今，在全国大行其道，甚至能引起海外游子的乡情，不能不说它超强的亲和力，也彰显了它中正仁和之脾性。无论是辉煌酒楼，还是寻常百姓的饭桌，它最终浓烈的爆香味，颇有一种王者风范。回锅肉的腔调，在于它的"回锅"，在于它不管不顾再次升华之执念，喜食者对之更是不造作，不拿捏，很是快意江湖。一位闺蜜笑曰："每每吃起回锅肉都有一种荡气回肠的感觉。"——于我心有戚戚焉！

梁实秋先生曾写道："馋，是基于生理的要求，也可以发展成为近于艺术的趣味。"我一主妇，不敢狂语品味，但对平凡的一蔬一饭是从来不吝惜投入热情和时间的，比如说，做一道回锅肉。

豆的豆蔻年华

早早地逛菜市，一位农妇脚边的一小堆毛豆落入眼中。毛豆清新碧绿，豆荚上薄薄的茸毛，仿佛还沾着晨露。前前后后，也只有这里有卖，吃新鲜也得趁早，我毫不犹豫地买上一些。

回家，一人坐于桌边，豆荚在手中"毕剥"有声，指尖轻染一层绿汁，有盈盈清香扑鼻而来。稍扁椭圆形的豆米碧绿似翡翠，豆米外轻覆一层白膜，俗名"豆衣"——很小时，母亲就特地交代，新剥的豆米只需入水轻淘，万万不可将"豆衣"漂洗掉，它是提鲜的。

能用毛豆做的菜品太多，但我无论如何不会将其与肉食混搭。一打眼，分明的一粒粒素心碧颜，怎舍得浓油赤酱糟蹋了它？且看五柳先生的"种豆南山下，草盛豆苗稀。晨兴理荒秽，带月荷锄归。道狭草木长，夕露沾我衣。衣沾不足惜，但使愿无违。"——安心锄草种豆吧，衣服被露水打湿也别忘了初心——豆在诗人的笔下，从来吹的都是田园风，走的是质朴路。曾赴川参加同学聚会，东道主又是麻辣火锅，又是高度白酒，一贯清淡口味的我有点儿招架不住。某天，再次酒过三巡，菜过五味，店老板上了一道凉拌盐水毛豆，入得口中，清爽鲜嫩，甚合口味，一桌人硬是连吃三盘。我频频伸筷，压住了满腔的辛辣后，做法也了然于心。回到家中，又改良了一番，从此，盐水毛豆总会应季出现在我家餐桌上。

盐水毛豆是连荚一起入锅煮的。好吃的诀窍是，在水煮前将豆荚的两端略剪些，入锅再淋些菜油，这样豆色会一直青绿，熟得也快，尤其是拌入作料时，荚中豆米非常入味。毛豆正式上市在夏季，煮熟的豆荚拌上蒜末、生抽、麻油和香醋，放入冰箱冰镇一会儿，开饭时，虽热得没有胃口，有了冰镇毛豆的登场，必会食指大动。轻嘬豆荚，料汁凉爽鲜香，待豆米迫不及待地滑入口中，又是无以复加的嫩糯清甜，再来一口爽彻的啤酒，即便一人对桌，也瞬间有了江湖的况味。

至简方得至味，吃毛豆也是如此。最能体现毛豆精华的还是清蒸，而我吃过一款另类的清蒸豆米，香得我一直难忘。婚后第一次去爱人家，正值夏季，我们到家时，荤荤素素已经一大桌，仍然坐在灶间忙活的婆婆说："甭急，马上蒸豆米，早晨自家后园里摘的，特新鲜。"说话间，锅中米饭已半熟，缕缕米香飘出，只见婆婆揭开锅盖，用勺子舀点儿米汤冲进豆米中，再用筷头沾点儿盐粒，挑少许的荤油，豆盆放在蒸箅上，盖上锅盖，只须两把火，饭熟豆也香了。可以想象，我那次吃的欢喜程度。

蒸豆米时只能略略地放盐，才能保留它独有的鲜甜味儿，可惜我在家无法取得米汤，尤其是柴火灶煮的米汤。也罢，再次改良，清蒸前放入半碗清水，出锅时，粒粒碧色，汤中漂着薄薄豆衣，入口慢嚼，一股悠远的清韵自口腔逸出，再喝一口淡雅的清汤，一顿饭竟然吃出了禅意通透之感。

关于豆，还有一幅温暖的乡野画面一直烙在脑中。村人吃豆是从菜园子里直接连根拔起豆秧的，然后，三两村妇寻一树荫处围坐，十指翻飞间，一把豆米从豆秧间剥出，"当啷"一声，并不用看，已落入脚边的搪瓷盆中，落下的还有一串串乡音笑语，吓得树上的小鸟收紧翅膀，伸长脖子从树缝里下探消息。摘尽豆米的豆秧往烈日下随手一扔，几天后，便是烧锅的好柴火——他们才不管什么叫"煮豆燃豆萁，豆在釜中泣"，过好眼下的日子才是紧要的事。

我最近才知道，原来我爱吃的毛豆，成熟以后便是研磨豆浆的黄豆——被人笑骂"五谷不分"——无论从外形还是颜色,都是大相径庭的啊!如此说来,老熟的黄豆是豆的桑榆暮景,那么,碧绿的毛豆便是豆的豆蔻年华了。原来,在日常的饭蔬中,我是在豆的最好时光里,与之一次又一次地相遇啊!

吃面去

年少时期的记忆往往就锁定在一些微小的事物上，
于我而言，这一碗海鲜面
似乎承载了青春少女时期的种种过往。

文/张小末

1

某段时间里，我对自己骨子里的北方人特性深信不疑，而这唯一的信心来源于我对面食的钟爱，每周最怕顿顿都是米饭，总要找点儿面食间隔着吃，才觉得肠胃是熨帖的。芦笋鸡蛋鲜虾馅的饺子、雪菜豆腐干馅的包子、荠菜鸡汤馄饨、白虾青菜汤年糕，而其中尤以面条为心头好，炒的拌的汤的，浇头可以变化出几十种，就这么想着，似乎肠胃已得到极大的抚慰了。

年长之后，当然晓得自己以为的北方特性只是一厢情愿而已，但这种根深蒂固的钟爱，那么多年就藏于心底某个角落，会在某一刻不期而至，令你动了吃面的念头。反复思量起来，这似乎是从小埋下的引子。

2

我出生在沿海的渔港小镇，那里三面环山，一面临水，以"溪流入海处山岩直逼海中"而得名石浦。江南风物到了此处，婉约旖旎如此种种几乎无迹可寻，海水混浊而带有泥色，并非你向往的水清沙幼；空气潮湿并带着浓浓的鱼腥味，初来乍到者是肯定不习惯的；海风能把皮肤白皙的女子吹成小麦色；而海边人家的性情也多数豪爽好客，请客吃饭嗓门儿一定是敞亮的，外来不知情的甚至以为在吵架。至于说到面，那是一碗分量极足的海鲜面。

石浦的面有两种，一种叫米面，一种叫麦面，顾名思义，米面是米磨成粉而制作成的粉干，麦面则是小麦磨成粉而制作成的大家惯常熟悉的面条。海鲜面是小镇家家户户都喜欢的吃食，黎明时分，"太阳浸在海水里，小镇是一艘湿漉漉的船"，妇人们去早市上买小海鲜——小黄鱼、蛤蜊、蛏子、水潺、白蟹、虾等，都不昂贵，但一律是鲜龙活跳的，它们"还遗留着海水的味道"，加点儿葱姜煮熟，就是最好的面浇头。其他地方的面条，讲究高汤做底，似乎有了高汤才有信心烧出一碗好面，但石浦的海鲜面不同，这是来源于大海的馈赠品，有着最原始最优质的食材，因此完全可以凭借清水下锅，就端出一碗透骨鲜的面条来。初中三年，我每天都骑着自行车往返于家和学校，学校在小镇的新区，而家在小镇的老城区，一段不长不短的路程。冬天，捏过自行车的手冰冷冰冷，这时候，一碗刚刚出锅的海鲜面就是最好的取暖之物，我端着面，先喝口汤暖暖胃，香气在小小的屋子里弥漫开来。再来说浇头，母亲喜欢依据时节做吃的，故而食材常常不一样，有时面里还卧着个黄澄澄的荷包蛋。如此一大海碗，满满的像座小山，我常常十分钟就解决了，酣畅淋漓，身心俱暖。

年少时期的记忆往往就锁定在一些微小的事物上，于我而言，这一碗海鲜面似乎承载了青春少女时期的种种过往。那时候的沉默少言，那时候的顽劣叛逆，那时候的懵懂憧憬，那时候的惊心动魄，虽然经常因为一些小事与母亲争吵置气，却总是在这样一碗海鲜面之后忘记了烦恼，温暖的食物里蕴含着巨大的治愈功能。有一年，中学同学在相邻的城市聚会，旧时青葱少年现已多数定居他乡，聊起小镇和昔年旧事，令大家念念不忘的居然是一家面馆——南屏路上的如意面馆，多少次约会玩耍之后的消夜圣地。那个陪伴你吃面的人，也许此后就去了远方，也许在时间的打磨下，她的样子都已经模糊不清，但她与你在灯光下坐在一起吃面的场景，一定会永远镌刻在心头某一处，会在此后琐碎漫长的生活里令你回忆，令你感到生动而不孤独。某一次，与杭州的几位朋友聚会，诗人周小波老师刚从石浦归来，念念不忘的除了肥美的梭子蟹，竟也是早餐所食的一碗海鲜面。"那么大一碗海鲜面！"他比画着，赞不绝口。

中国版《深夜食堂》开播伊始，深夜吃泡面的夸张情节被网友嘲讽颇多，那个周末，我也在家做了一碗面——香菇鸡丝面，食材简单却令人温暖，在城市每一栋冰冷的建筑里，在一个个晚归的孤独身影后，这样一份家常的食物，令你在奔波、劳累甚至沮丧之后重新获得力量。

面是我心里的某一个符号，吃面是一件具有象征意味的事，定居杭州之后，意外发现，这个典型的江南城市面馆林立，颇多故事。杭州最具代表性的面叫"片儿川"，用雪菜、瘦肉片、笋片做浇头，最早是杭州老店奎元馆首创，三样食材用沸水氽煮，再加人工手制的面条烧煮而成，味道鲜美。老店的面条自然是有故事的，相传清时到杭州来赶考的全省各地读书人很多，奎元馆店主为招徕这些读书人的生意，就以雪里蕻菜、笋片、猪肉片烧制成的大众化的面条专门供应外地穷苦书生。有一次，一位年轻秀才来吃面，只要一碗阳春面，店主见他眉清目秀，家境贫寒，特意赠送他一碗片儿川面，外加三只茶叶蛋，祝他连中三元。后来，秀才中了贡士，放榜之日，到店里向店主致谢，因小面店尚无招牌，就提笔写了"奎元馆"三字。从此，奎元馆的片儿川面名声大振，食客盈门。然则，奎元馆的当家面其实是虾爆鳝面，邹先生幼年时由爷爷带着去品尝，多少年了，那个当初带他吃面的老人已经逝去，但他却一直念念不忘。于是某一年我生日，邹先生亦专门带我去尝鲜，可惜油略重，面偏软，我吃过两口便知道不是自己的喜好。百年老店的风格终究抵不过时间和人们口味的变迁，只有片儿川几经流传成为寻常人家的吃食，这得益于此面食材平民，也便于因地制宜，笋下市的时候就用茭白代替，肉片也可切成肉丝，至于雪里蕻，也因为口味的好恶，可以换成倒笃菜。杭州之婉约灵秀，是江南的气息魂魄所在，但这碗面浇头味道浓厚，汤色不显清爽甚至略有油腻，完全无关风月，吃到胃里是另一番踏实的滋味。

《舌尖上的中国》风靡大江南北之时，曾专门介绍了杭州的菊英面馆，一碗片儿川撑起了一家小小的面馆。这在杭州并不奇怪，许多又老又旧的小区巷子里，往往暗藏着一家同样破旧的小面馆，三四张桌子、几条凳子，门板都是暗沉油腻的，面是固定的几种，客人也是固定的面孔，老板夫妇营业至中午就关门休息，挂着的小黑板上写着"下午两点之后不要再来"，营生与生活，孰轻孰重，他们心里清清楚楚，绝不会为了赚钱多卖一碗面，像极了武林高手隐藏在俗世里，每天心平气和地生火煮饭扫落叶，不多言语，不多计较。也许就是因为如此一板一眼地烧面，日复一日，吃面的都是旧面孔，所以食材是万万做不得手脚的，一点点细微的变化都逃不过食客的嘴巴，老板更加兢兢业业，手艺自然越来越精到。日子久了，一来二去，不少小店竟声名远播，有人从城西城东专门赶来排队领号吃一碗面，桌子不够就着四方凳子吃也是乐意的，吃完后开着宝马回到城的那一头者比比皆是。报纸、电视台的美食栏目也搜索而来，有些甚至是港台的节目，此后再去吃面，就看到店里的墙壁上贴满了花花绿绿的报刊画报，隔着蒸腾的热气，老板与某某美食达人的笑容也像热汤面一般充满了友爱。

就吃面来说，杭州人的口味与清秀的山水截然无关，实在、朴素、不花哨，像极了老底子"杭铁头"的另一面。对于面食的热衷，曾经令杭州遍布大小面馆，慧娟、平乐是望江门一带响当当的面馆，城中心则有白鹿，鼎盛时期，九百碗老汤面曾开遍这个城市的重要街道，更遑论那些无名小店。三块钱的葱油拌面吃得，几百元的私房豪华面亦吃得，片儿川吃得，重庆小面、日式拉面亦吃得，一个城市的开放包容往往是从饮食开始的，人们的舌尖和肠胃说明了一切。

但其实，最初让人在杭州领略到面之神奇的，只是一碗葱油拌面。多么平淡无奇的面啊，湿面在滚水里氽熟，捞起，碗里早已放好了鲜酱油、榨菜末，放入面，撒葱花，滚油浇下去，吱吱作响，趁热拌均匀，浇一点点玫瑰米醋，再加一只荷包蛋，一口面，一口虾皮紫菜汤，哗啦啦吃完，唇齿留香。这是杭州人早餐的经典保留项目，如同一把钥匙，打开了一个美好的早晨。在江南，其实许多地方都会以一碗面条作为一天的开端。邹先生不爱这酱油浓重的拌面，他说他的家乡也吃面，但清爽许多。他带我去从小喜欢的早餐店吃面，这个名叫长安的小镇，隶属嘉兴海宁，毗邻杭州，城镇建设似乎还停留在十年前，有老旧的火车站供运送货物的列车经过，有京杭大运河流经的旧址，镇上的人们有着与杭州完全不同的生活节奏，寻常巷陌，人间烟火。吃面的一概都是街坊邻居，人们简单寒暄之后各自埋头。榨菜尖头与肉丝烧的细面，加一点点辣椒末，汤色绝不油腻，简单至极，但也美味至极。若是一家人来的，还得叫上两客烧卖，一样干净细腻，吃完后味蕾依旧可以保持最初的感觉，这样你就可以继续品尝更多的食物，可以感受到食物更多的滋味。

早些年，我热衷看 TVB 的剧集，对港剧里的吃面情节印象深刻，不开心时、落魄时、饥饿时，总有人在你旁边跟你说，"我煮碗面给你吃吧"，这面也就显得意义深重，而这个愿意煮面给你吃的人自然是生命里重要的人。我深以为，一个能一起去吃面的朋友，确是极其重要的。我与小薰最初熟悉起来是因为脾气性情都投契，但这样的友情是悬浮在半空里的，真正让我们落地的是每天结伴去学校食堂排队打饭，打开水，吃夜宵的时候分食一碗青菜面，无数这样的生活点滴填满了每一天，而友情也渐渐变得充实、坚固。那是多么年轻美妙的时光。某一年假期，小薰带我去她老家富阳玩。她父母都是热情好客的人，她一回家老同学就不期而至，蹭饭聊天不亦乐乎。这姑娘比我更热爱吃面，次日带我去富阳镇上的一家面馆，吃的是招牌大肠面。在此之前，我从不食动物内脏，也不知道大肠烧面竟是这般美味，大肠软糯，面条筋道，汤是猪筒骨熬的高汤。我们俩开始还边聊边吃，后来就不再说话，专心对付眼前的面，直到汤也喝得干干净净。时至今日，店名早已忘记了，但那碗面从此却留在了记忆深处，初夏的阳光下，两个女生的友情始于互相欣赏，秉性相投，却丰盈于之后日常生活的琐碎细节里。可以一起吃饭的人很多，但一起吃面的却很少，一个朋友能陪你吃面，自然是把你当作了亲近之人，不设防备亦毫无顾忌，这样才能痛痛快快地吃，才能让这流水般细滑的面和热腾鲜美的汤抚慰我们日益衰弱的肠胃。

如今，离家愈久，愈怀旧，怀念从前的人，怀念从前的食物。我栖居在一个离家并不遥远的城市，但与父母团聚的日子却屈指可数，每逢节日，我笨拙地尝试老家此刻该吃的食物，"不时不食"，想念着母亲的教诲，模仿着母亲的举动，在自己成为母亲之后，为孩子煮一碗海鲜面，教他认识海边风物，重新捡拾起已略显生疏的方言，让他感受到在他的血液里还流淌着那个小镇的气息。

常想安庆那碗蛋炒饭

绑定两人的那根线韧劲十足，

令我动容，

从此以后，我相信世间真的存在这根线。

文/林特特

十几年前，我在安庆读书，常去一家"宿松饭店"。老板和老板娘均来自附近的宿松县。

宿松话很难懂，老板娘常和老板叽咕一番，再扭头用普通话招呼客人。她不仅语言切换十分利落，打扮、做事也利落，常一边收拾台面，一边迎来送往，嘴上还算着账。她的圆脸、圆眼裹在长发里，很像刚红起来的张惠妹。

因为常去，老板娘能很清楚地叫出我的名字。

有时，店里没什么人，等着上菜的时候，老板娘便和我聊天。她说，她十六岁去广州打工，后来，在一家酒楼遇到当厨师的老板，"就被套住啦！"说到这儿，她爽利地笑，双手清脆地一拍。

我在宿松饭店主食必点蛋炒饭。

老板娘总在冒尖的饭上堆些自制的小菜，如雪里蕻、咸豆角。炒饭的干、香和咸菜的辛、爽一起裹入口中，真是说不尽的完美体验。

我在安庆度过第三个夏天时，老板娘的娃已满地乱跑。

一天，老同学问我，知不知道门口宿松饭店出了事。原来，一名食客酒醉后闹事，被泼辣的老板娘赶了出来。烈日，重酒，推推搡搡，食客倒地不起，再没醒来。

果然，等我再去，宿松饭店店门紧闭。

一个月后，重新开张，新店主透露出来的讯息是"卖了店和家里的房子，为他老婆打官司"。

我这才知道，老板和老板娘的婚姻并不被看好，"家里不同意，只好来安庆"，"女的比男的大三岁，还离过婚"……我大惊：我曾亲眼看到，店内没客时，老板娘正伏在老板膝上呢喃，我没见过比他们更恩爱的夫妻。

惊诧、伤感、唏嘘，与室友卧谈了许久之后，宿松饭店终于成为故事。

寝室老大曾在路上偶遇过老板。"他蹲着，埋头吃盒饭，胡子拉碴，看起来很憔悴，"老大顿一顿，"眼神直勾勾的，看人就像直接穿过去。"

"他老婆被判了刑，他还在为她跑。他说，他等她。"在我的追问下，新店主提供了最新消息。

那天，我依旧点了蛋炒饭，难吃得没法儿下咽，我要求"给点儿榨菜下饭"时，继任者手一摊："没有。"对着熟悉的店堂，老板娘如在眼前拊掌微笑，那一刻，我体会到什么叫伤心。

毕业后，我再没去过安庆，也再没他们的消息。有时，我会想到他们，比如在任何端上一碗蛋炒饭、遍寻小菜时。

有一年，我把这个故事说给丈夫听。那时，我们惹上一桩棘手的官司。我们走出法院，在最近的饭店，相对坐着，只胡乱点了两碗蛋炒饭。

"服务员，给点儿小菜！"我一扬手。话毕，老板、老板娘仿佛隔着时空，风尘仆仆地走过来，一个爽利地拍着巴掌，一个蹲在地上，埋头吃着盒饭。

我向丈夫提起那间饭店、烈日下发生的一切和"他说，他等她"。我们空洞地谈着这个故事，如谈论任何八卦，没有目的，没有结论。

后来，官司和平解决，虚惊一场。我们对待它，如对待所有不愉快的记忆，休提起；提起了，惊魂未定。

一日，丈夫看了看冰箱，决定炒饭，装盘时，问我："小菜呢？"

我们很自然说起宿松饭店，回顾上次说起它的时间、地点。我说，我当时只想告诉你，人生无常。他愕然：我以为你想说，不离不弃。

我突然意识到，为什么这些年我仍无法忘记——

我不知道老板、老板娘波澜壮阔的前传，也不知道故事的最终结局，但那个夏天发生的事，给了我巨大的冲击：看似稳定的一切都可能毁于一旦，但绑定两人的那根线韧劲十足，令我动容，从此以后，我相信世间真的存在这根线。

冒尖的炒饭上，嫩黄的蛋、碧绿的菜被我拨来拨去。我希望他们还在一起。

雪 子 、 瓦 片 和 一 碗 面 皮

当雪子下在这一片老屋上，
瓦片奏起了叮叮当当的音乐。

文/郑春霞

在一片鞭炮声中，会有一种冷冽和静宁。穿越在瓦片与瓦片之间，静悄悄的，会有一刹那一刹那的无声世界。在并不太黑的夜中，瓦片会有剪影。厚厚的，重重的，是雨的乐器。也是雪子的乐器。现在天上真下着雪子呢。我比雪子早几天抵达故乡的老屋。

刚来的那一天，我们走到田野去。羽绒服穿不住，早脱了，换上了短衫和短裙。田垄里，一寸一寸的小野花，都开了的呢。

有些半开半合，有些全然盛开。最是那一垄油菜花，分明地黄艳艳着。盛开到七八分了的。这不是清明景象吗？植物都不认得节气了吗？只是气候仿佛便都一时刹不住了，开怀了。空气中浮游着的满是暖晴的味道。个别蜜蜂也嗡嗡嗡地来应景。水库旁梅枝斜倚，临水照花。我不愿走近去看梅花，逼真逼真的，逼着眼睛，也逼着嗅觉。像这样，远远地，清清地，做一个略虚幻的背景，安心也安静。

没想才过了几天呢，就下了雪子。敲在瓦片上，将瓦片敲成了重金属。我颇喜夏日的急雨、冬日的雪子——多么急匆匆，慌乱无主，无处可去似的。雪子怯生生又冒冒失失的，像毛躁的小孩子。但它又那么威武，从天而降，就像天兵天将，十万火急。干脆、利落，做得出来动静。雪子不多见，也不多听了。在江南，雪都少。没下几颗雪子，就下成雪了。雪，轻飘飘的，无声无息，它跟瓦片构不成声音。构成的是图景。雪下在瓦片上，瓦片不是乐器，是容器。一碗一碗的瓦片盛出那样洁如玉屑的雪。

而这里的雪子却下了那么长的时间。我不指望它下成雪，它也下不成雪了。天气预报已然告知，明天是多云。没想到，这年边的天气跨度相当猛烈。我就来听它的声。坐下来，安安静静地。它的声音，其实是清越的。如果是敲在其他的东西上，不会有那么好听。玻璃窗啦，水泥地啦，墙体啦，都不那么好。只有瓦片，它有弧度，会有回音。空空的，有清响。像棰子敲着木鱼，木槌敲着洪钟，鼓棒敲着鼓，都是一种般配。雨到底是液体，就是急雨也如是。但雪子是固体，它比雨有分量，一粒雪子也比一滴雨体积小，就更显得浓缩，有力度。这样敲在瓦片上，是一串串的、一簇簇的、一嘟哝一嘟哝的声响。而这儿是瓦片连着瓦片，雪子连着雪子，把我的双耳装满。

像这样的小镇，你知道的，我曾经一度嫌它吵闹，杂乱，无秩序。现在我知道它有它自己的秩序。只是每个人都在寻找着跟自己匹配的秩序。并不是它不好，它有它的好。它有这样一片木结构的老房子，供我来听一听雪子敲打着瓦片的声音。一年来个一两次，一次住个七八天。我得到的算是多的了。

于是，初七八，马上回到杭州来。与不能赶回老家过年的弟弟团聚。

弟弟说像这样冷飕飕的天，好想念妈妈做的手擀面，好想喝上一碗热腾腾的面皮啊，要烫得嘴唇都差一点儿破了为止。我说，给我一天时间，我一定满足你，我要让你在杭州喝到小时候的暖暖的面皮。

他比我小两岁，我们几乎都没有分开过，除了我读大学的时候和他读大学的时候。现在我们又是邻居。他脾气好，小时候，妈妈老是把我的裤子褪下来给他穿。我就不高兴了，一定要妈妈买新的给他穿。有一年入冬特别早，天气突然冷起来，妈妈没在意，仍给他穿单裤。晚上回来，我看见弟弟的腿冻得通红，我的眼泪马上流下来，我对妈妈凶道："你怎么给他穿这么薄的裤子，连棉毛裤都不给他穿！"妈妈赶紧像做错了事的学生，把棉毛裤给弟弟穿上。弟弟还傻乎乎地说："现在不冷了。"

想到这些我就要笑。过年的时候，拜岁客到我们家来，总要留下一些枣干啊白糖啊什么的。妈妈把枣干藏起来，下次上别人家拜年的时候可以用。等妈妈出去了，弟弟就去找，只要是吃的东西，他总能找得到。半天没有声响，我就知道他躲在那里吃了，我悄悄地走过去，看见他把纸袋打开，把那红枣干一颗颗往嘴巴里塞。我轻轻地叫一声他的名字，他吓得一转身，整袋红枣洒了满满一地……

我起个大早，去菜场。一个人一天能够做一件有意义的事情，哪怕是很小的事情，都是很大的功劳。我的今天呢，就做一件事情，只做一件事情，就要做一碗让弟弟满意的面皮，尽我所能，发挥我最大的用心和才华去做一碗最美味的面皮。因为起得早，买到了很新鲜的大胴骨、大大的憨厚的土豆（我们叫洋芋头）、亮闪闪的洋葱，还有活蹦乱跳的小白虾。回到家，把大胴骨放进高压锅，水烧开，先倒掉，再放上一整锅的水，放上盐、酒、姜，熬啊熬，大火转小火，武火转文火，熬得骨头全酥烂，捞出骨头和肉，把整锅的汤当作面皮的底料，再也不用掺入一滴水。

这边厢，把粉揉成团，揉啊揉，揉得半软半硬，太软了，没嚼劲；太硬了，没弹性。于是乎，揉了半个多小时，整个面团活泼泼的，柔韧而生动。然后把洋芋头和洋葱过油炒起来，炒到半熟，把那锅熬好的骨头汤倒入，继续煮。与此同时，把揉好的面团摘成小块小块的，没有长长的擀面杖，摆不开阵势，只有小块小块地摊平，拿着细细的做麦饼用的小木棒，把面皮一点点摊开，摊薄。要薄到什么程度呢？按我弟的要求，要对着太阳照，能透明到太阳光都能照得进来才行。而且要薄而不断，这才是高水准严要求好味道的面皮。然后，切成宽宽的长条条，而这时候，锅里的汤刚刚沸腾，要快，要准，把那面皮一条条地抖抖洒洒地放入汤中，动作一定要快，不然，前后不同时间的面皮会有些软有些硬。一定要刚刚做好就下锅，不然经了风的面皮就会老化而不柔韧了。

一条条的面皮在滚烫里翻跃着，还要不时用铲子来回盘旋。撒入切好的咸菜花（就是咸菜的叶子部分，不能太多，一点点就行，取其味道），不能把锅盖着，那样面皮也会死，就是瘫掉了，耷拉了，不醒豁。看看差不多熟了，再把那活蹦乱跳的小白虾一颗颗撒进去，让它们蹦跳几下，赶紧把那火关了。一整锅的面皮依然在翻腾着，每一个小小的旋涡里都透出洋芋头和咸菜花的味道，这中间还夹着面粉的麦子香气。

为什么要放洋芋头而不是其他呢？那是因为洋芋头烧的时间长了，会有糊糊的粉粉的气味，和面粉的香香的粉粉的气味，刚好相配。而一整锅的骨头汤是再好也不过的美味的背景。在这样繁华的背景之上，再无须繁华的作料，而来一些很不起眼儿的洋芋头和洋葱，还有咸菜花，才压得住阵脚，收得起局势。就好比，做饺子，羊肉必然要跟香菜配成馅儿，猪肉跟白菜或者跟荠菜马兰头这些野菜配才张弛有度，有紧有松，半口繁华，半口朴拙，才显得前半口大快朵颐，后半口回味无穷。如果，都是繁华呢，就让人腻味；都是朴拙呢，就让人憋屈。

又为什么放入小白虾呢？我所说的是三门小白虾，小小的灵活的弹跳力超强的小白虾。有了它，整锅汤就更鲜了，这鲜是海鲜，不是什么味精或者鸡精，是纯天然的一种鲜味。海鲜本身是很有灵气的，因此，有了海鲜的加入，这一锅汤也有了鲜活的灵气。

然后，还说什么呢？在这样的冬日里，吃上这样一碗暖暖的面皮。弟弟说，就是为了这一碗面皮，都要努力奋斗，好好生活。真好啊，我还有一个这样的弟弟，让我可以很温柔很骄傲地全心全意地为他做一碗面皮。

弟弟说起今年是第一次没有回家过年，言语中不无中年况味。我跟他说起故乡的瓦片。我们很小的时候住过的老屋还好好的呢，它在一片老屋之中，当雪子下在这一片老屋上，瓦片奏起了叮叮当当的音乐。老屋里面，也还有人住着，他们也像我们一样，热腾腾地呼啦呼啦地吃着面皮。那面皮里有肉丝，有咸菜，有时候有小白虾，有时候没有。

弟弟说："我真希望我们的老屋一直都在。"我心里也是这么想的。我说："再来一碗面皮？"弟弟说："明年回家吃。"

大 红 大 绿 地 吃

我怀疑那时候的常流口水，
是不是跟饮食的贫乏有关呢？

文/叶梓

腊 月 的 盛 宴

冬至吃饺子，饺子吃毕，就等着喝腊八粥了。这是我儿时的记忆。

这一天，天麻麻亮，母亲就早早地下炕，去厨房忙碌开了。她一个人，在油灯点亮的厨房里，洗米，泡果，剥皮，去核，精拣，像是一个人在默默地进行着一种极其威严的仪式。稍后，开始烧火煮粥。她在一大锅粥里，放进红枣、核桃仁、杏仁、花生仁，好像还有胡萝卜丁。等到太阳升起来的时候，一锅粥，也差不多就好了。有几年，记得母亲会在腊月初七的晚上，早早踏上了腊八粥之旅。一个晚上，都用文火炖着。炉膛里的火，星星点点地亮着。听锅里煮得"吧嗒""吧嗒"地响，真是好听。"腊月八，家家煮得吧嗒嗒"，这句家乡的谚言，形象，生动，又明白如话，言外之意大概是说腊八是年前最重要的节令，这一天，几乎家家都要做腊八粥。

传说中，好像这是一道与佛教有关的食品。但在家乡，似乎没有。我小时候，家家都穷，一顿腊八粥，几乎是一户穷苦人家粗茶淡饭中的美食改善。平时，顿顿都是面食，鲜有米饭，但再穷的人家，在腊八这一天，也要凑点儿钱，买些米及作料回来，做一顿像模像样的粥。其实，就是现在，在北方偏远落后的乡村，有不少人家，一年四季也是上顿白面下顿白面，很少去吃米饭——一方面，一方水土一方饮食，是饮食习惯使然；另一方面与穷也有关系，北方很多地方种麦子不种水稻，物以稀为贵。我甚至想，在富庶南方的穷人家里，他们一定也很少花钱去吃面粉。当然，这种猜测不一定对。

物以稀为贵，所以，善良的母亲总会把做好的腊八粥端一些，送人。看着母亲一碗一碗地端出端进，我和哥哥舍不得，就不高兴起来："连锅端走算了！"

母亲急了，总会劝："大家吃，香！"

后来，读到南宋诗人陆游"今朝佛粥更相馈，更觉江村节物新"的句子时，我开始怀疑，是不是在家乡就有腊八粥相送的习俗呢？如果有，那一定是寓意一年之末的团圆和来年的风调雨顺！

喝粥的早晨，韵味悠长，记忆犹新。我们姐弟三人，一人一碗，在热热的土炕上，腿上还捂着被子，使劲地喝，生怕下一碗会舀不上，像是在抢。"紧腊月，慢正月，不紧不慢的二三月"，这是家乡的谚语。也许有些道理，想想，寒风凛冽大雪飞扬的腊月，因为盛大隆重的年事而忙，自然觉得时间飞快。不过，再紧再忙，腊月八这一天，还得认认真真地吃一顿腊八粥。吃毕，腊月里剩下的日子，一天比一天走得急，像黑夜里赶路的人，埋头只顾往春节走。

这么一想，腊八粥，像一场腊月里的盛宴，像一朵开放在寒冬腊月里的花，朴素，而且生动。

吃一年

我总是固执地认为，一年的春天，是从槐芽吐绿开始的。为什么呢？因为北方多槐树，小时候吃的槐芽菜实在是太多了。

春天，万物生长，树木当然也要发芽吐绿。应了"靠山吃山，靠水吃水"这句老话，家乡的人常常以槐芽为菜。记忆里，每年春天，当槐芽在经历了秋的萧瑟与冬之严寒后终于吐出嫩嫩的绿色时，我们就会手拎竹篮，去塬上或者沟里采槐芽。母亲把摘来的槐芽洗净、焯熟，复又凉拌。在故乡，这是一道上好的凉菜。它的好，在当年绝非是沾了"纯正绿色食品"的光，而是因为家家都穷，吃不上别的菜，只能以槐芽为美了。其实，除了吃槐芽，还吃韭菜。杜甫有"夜雨剪春韭，新炊间黄粱"的诗句。这说的是中原一带的吃法。韭菜在西北的吃法既多，且讲究。韭菜的新鲜，最好不过的当然是"头刀韭芽"。头刀韭芽其实就是春天里割下的第一茬韭菜。家乡谚曰：头刀的韭芽二锅的面。头刀的韭芽既好看又好吃，根白，像一截玉；叶子又宛似翡翠。如此春韭，只要一看，就能让人想起一个女人的少女时光。

当然，春天里也要捡地软儿吃。地软儿的学名叫地衣，是一种菌类植物。春雪尚未消尽的时候，它们就来到了北方大地，蜷缩在还有点儿枯黄的野草中。和我一般年纪的人，若在乡下生活过，大抵都有捡地软儿的经历。记得出门前，母亲总会叮嘱一番，说羊粪多的地方地软儿多。地软儿蓬松，一大朵儿，好看。地软儿洗净后，看起来幽黑发亮，像木耳。用它做成素馅包子，极好吃。

整个春天，即使身在北方，也能如此绿油油地吃上一番。等槐芽长大长老，到了再不能食用凉拌的时候，槐花就艳艳地开了。这时候，夏天也就快到了。

在家乡，夏天的日子，常常是从一碗杏茶开始的。

杏茶，其实就是杏仁茶。把杏仁在温水里泡得褪了皮也没了苦味的时候，用老石磨再磨成杏仁浆，复和开水比例恰当地煮在一起，加入盐和小茴香粉，就好了。几乎在家乡所有的早点摊上，都能看到杏茶的影子。小摊前，支起一个小火炉，一大锅杏茶，呼呼地冒着热气。可这热气，却是清热败火的热气。杏茶清火，这才是人们在夏天喝它的真正理由。

忆及夏天，我一直对家乡的清炒辣椒念念不忘。

秋天的北方，大地沉浸在一派收获的喜庆里。闲下来的人们，也有工夫缓慢地分享这份喜悦了。所以，秋天的美食都是一些慢活儿，需要费些时间，慢慢地在厨房做。记忆里，吃得最多的是核桃丸子。这当然和核桃的成熟期有关。在天水老城西关的一户人家，我见过一位秉承了这座老城美食手艺的老人做核桃丸子的情景，烦琐，费时。但最后品尝到她把一颗颗从小陇山采来的鲜核桃做成形似核桃的丸子时，那酥烂醇厚的口感，至今让人回味无穷。

核桃丸子的主料，当然是核桃，但也要以猪瘦肉、鸡蛋为辅。它的大致做法是先将猪肉剁成细泥，加入少许蛋清、盐及花椒粉，再将剁碎的鲜核桃仁拌成馅，用肉泥做成圆形皮，包上馅做成核桃状的圆球，入锅，炸熟，至颜色转金黄时捞出，复又放入有鸡汤、木耳、玉兰片、菠菜的锅里，用湿淀粉勾流水芡，浇淋丸子上，即成。

如果不嫌麻烦的话，还可以做松子鸡。

几乎是与核桃同时熟了的松子，可单独炒了吃，亦可入菜。如果和鸡脯肉、少量的猪肉凑到一起，还能做成一款风味别致的松子鸡。不知道在以鸡命名的菜肴里加入猪肉算不算西北特色，但有一点是确切的，那就是上好的松子鸡食之清远，视之色白，汤清味深。这些年，我下乡时，经常能吃到庄户人家的松子鸡，可能因了松子是新鲜的，鸡也是地道的土鸡，所以，每一次与松子鸡的不期而遇，都会成为我难忘的美食记忆。偶尔，还会就着松子鸡，喝几杯他们自酿的玉米酒，一口肉，一杯酒，生活的富足无非如此，哪管什么功名利禄。若是晚上再有兴趣赏赏月，那就更美了。

一个久居高原的人，冬天里没有羊肉几乎是不行的。

依中医的说法，羊肉味甘不腻，性温不燥，有暖中祛寒、温补气血、开胃健脾之功效。其实，北方人之所以喜食羊肉，在滋补身体之余，尚有抵御风寒的深长意味。所以，寒风猎猎的冬天，免不了从水盆羊肉开始。早晨，在上班的路上，拐进一条老巷，在一长条桌前坐定，店主就会用一海碗盛羊肉汤，再加羊油，然后再把羊肉剁碎装碗，撒一撮葱花、香菜，外加一个刚出炉的热饼子，即可边吃边喝了。

如果说这是一个人的早点的话，那晚上，可吃手抓羊肉，亦可一家人团团圆圆地吃一顿暖锅。一家人，围着一口铜锅，汤里炖着羊肉，再加一点儿豆腐，或者别的菜，热气腾腾地吃。

一个冬天，就这样热火朝天地过去了。

一年，也就这样凡俗地过去了。

但回头一想，竟然发现自己的这趟美食回忆之旅应验了两千年前孔子说过的那句"不时不食"。说白了，这其实是一个关乎时令菜的话题。在中医经典医著《黄帝内经》里，也曾有过"食岁谷"的告诫，建议人们多吃时令菜，可惜的是，在这个加速度的时代里，反季节蔬菜大行其道，并且常常和我们在豪华的包厢里不期而遇。这样的情形，真是应验了老子那句"祸兮福之所倚，福兮祸之所伏"的古话。

也许，古人就是比我们聪明不少。

年夜饭

厨房里的肉香味，穿过木格子窗户，飘荡在院子上空，弥久不散。那股混合了大香、草果、白附子以及其他作料的香味，让大年三十的这个黄昏，更加意味悠长了。我一次次地钻进厨房，背着祖母揭开锅盖，看看那口大锅里翻滚着的骨头。严厉的祖父，还是拉上我去接先人。这是年夜饭前的重大仪式，也是一户西北人家过年的大事——只有把列祖列宗从遥远的地方接回来，年夜饭才能开始，一家人，才算真正团圆了。

回来的时候，祖母早早就在土炕上摆好了小炕桌，梨木的。

但先不吃肉，像是故意卖关子似的，一人一碗浆水面。这是穷人的饭，天天吃，今晚还吃，用祖母的话说："是给好好吃肉垫个底！"后来我才知道了祖母的良苦用心：先清淡，后油腻；再说免得馋了好久的小孩子们大快朵颐时坏了肚子。简单、平凡、普通的浆水面，如同拉开了年夜饭的序幕，旋即，院子里开始放起了炮，啪啦一响，祖母才笑盈盈地从厨房里把一大盆堆得高高的肉端出来，年夜饭才算开始了。一盆热气腾腾的肉，一罐加了盐的蒜泥！年年如此，年年如此简单，这就是我的除夕夜、我的年夜饭。没有饺子，没有祝福的言辞，也不看中央电视台晚上八点准时开始的春节联欢晚会——我小时候家里因为穷，还没有电视。后来有了电视，也很少看。祖父发现谁在看，就用鄙视的眼光瞅一眼，说："那有什么好看的，没有肉好！"——只有肉，只有一家人老老小小男男女女围着一盆肉盘腿而坐不禁发出的津津有味声。

吃毕肉，稍稍收拾，端上几盘凉菜，开始喝酒啦。每年，梨木炕桌上总会出现凉拌胡萝卜丝、油炸花生米这些下酒菜，还有一点儿水果和盐水炒的瓜子。祖父善饮，一个人能喝大半瓶。他常常不管别人自顾自地喝。喝一会儿，祖母就去抢酒盅："老不死的，把你喝下场了，咋办？"下场了，是方言，意即死了。但他还是接着喝。祖母一辈子似乎管不住他的喝酒抽烟。祖父的脸上微红，这是他喝多的标志。这时候，他常常会一个人先去睡了。

带上门时，他还要说一句："今晚大家喝好啊！"

他分明是高兴的。作为一个家族的最高法官，他看着一家人老老少少男男女女齐聚一堂，热闹，亲切，和睦，还请来了看似无影无踪实则无处不在的祖宗，他当然心里爽快。祖父提前离了席，但每年总有两样活动要进行，像是年夜饭的尾声似的：其一是嗍猪尾巴，其二是夹门扇。

嗍猪尾巴，其实在大家围锅吃肉时就开始了。如果家里的小孩子常流口水，那就在除夕夜里，特意煮一条猪尾巴，让他一遍接一遍地嗍。据说，此法可治孩子流口水。至今，我也不知道这在医学上有没有根据，但在家乡，多少年来一直风靡不息，而且，据说效果还奇佳。我小时候，有好几年就嗍过猪尾巴，那味道现在忘了，但想起人家吃肉我连汤都喝不成只握着一个猪尾巴嗍来嗍去，实在是好笑又好气。现在，我怀疑那时候的常流口水，是不是跟饮食的贫乏有关呢？

夹门扇，就是哪个孩子个子长得不高，或者长得不快，就在大年三十晚上，大人们吃完肉，就把他夹在将闭未闭的主房门扇里，一人在里，一人在外；一个执头，一人提脚，像拉皮筋似的往两头拉，而且边拉边喊，一个说："长着吗？""长着哩！"另一个答到。

一问一答声里，屋内笑语飘飘，欢乐融融。如此者反复三五次，就停下来。被夹了门扇的孩子，开始给长辈们一一磕头，讨要红包了。

也许，这两样风俗，如今在家乡已经只剩雪泥鸿爪了。因为，这毕竟是一个消亡的时代。

大红大绿地吃

南方人善茶，把喝茶美其名曰吃茶，一个"吃"字，闲情和逸趣就出来了；北方人善酒，一杯端起，"咕咕咕"一喝，再来一杯，像《水浒传》里的英雄好汉，所以直截了当地叫喝酒——酒与喝连在一起，豪气、雄壮和野性之味就有了。但老家的吃节酒，把酒和吃连在一起，有些"风马牛不相及"，一般人会按字面理解成关于酒的一种温文尔雅的喝法，实则不然。

吃节酒，是土墺流行多年的一种乡随——乡随者，风俗也。即过大年时，在始于正月初二末于正月十五元宵节的一段时间里，把村里上一年度（当然以阴历计算）娶进来的媳妇请到自己家里，主人以上好的饭菜招待她们一天，以示祝福。

百余来户人家的村子，一年娶进来的媳妇最多就是十来个，要是家家请，是请不过来的，因为正月十五一过，就不再请吃节酒了。因为时间的限制，请新媳妇们吃节酒就得动身早。一般是前一天先去家里轮流去请，第二天一大早再去"抢"。之所以动用这个词，是因为去迟了，往往会被另一户人家请走。小时候，我曾和母亲一起去"抢"过。母亲怕黑，不敢走夜路，我给她做伴。正月里的清晨五六点钟，天不是麻麻亮，而是黑漆漆的，是伸手不见五指的黑。我和母亲揑着个手电筒，早早去敲新媳妇家的门，把她们往我家里请。临到请最后一个时，天已大亮，也恰巧碰上了"对手"——和我家同一天请吃节酒的人家。最后，我和母亲硬是把她给拉到了我家的土炕上。

请来的媳妇要坐在炕上，等着主人做好饭菜。她们是不下厨也不动手的，这是规矩；一天三顿，一顿都不能少，一顿也不能多，这也是规矩。仔细想想，这样的待遇真是不低呀，多像衣来伸手饭来张口的富贵生活。但过了十五，她们却要像男人一样，下地干活儿，出力卖劲。谁让她们嫁到这里呢？所以，请吃节酒，像是她们婚礼的一种延续，传递着一份荣耀。当然，要是谁家的媳妇没被请去吃节酒的话，则是一件丢人的事——丢的人不是新媳妇的人，而是婆婆和公公的人，因为借此能看出他们一家人平素在村子里的为人，是多么不好。——顺便提一句，吃节酒带来的间接作用，是让新媳妇们面对面地坐在一起，像是交朋友。命运把她们嫁给了同一个村子，往后的岁月得吃同一眼泉水，得走同一条弯曲的山路，得种同样的坡地，她们只能是好朋友啦！当她们像好朋友一样有说有笑地吃毕一日三餐，稍坐片刻，就回家；也有家里人来接的，来时不能两手空空，会带点儿小礼品，如腊月里炸的油果果，算是回谢。

一帮子新媳妇吃饭，看似与酒无关，其实有关。那天，主人家的炕桌上必定是有酒的，主人敬时，新媳妇都得喝，不喝不行，这是规矩，她们来时，婆婆会早早地嘱托她们的。因为不喝，就会坏了主人的心意的。有一次，一户人家请吃节酒，其中有个媳妇，被一杯酒给喝醉了。喝醉了不好，这又是规矩。但在我看来，醉了无妨，谁说女人不能醉酒？

我小的时候，民风比现在淳朴敦厚。几乎家家请新媳妇们吃节酒，因此就难免"抢"。这些年，市场经济的大风也吹到了老家，慢慢地，不再是家家都请了。一般是亲房先请，他们也是必请的，要不落下个亲房不和的话柄来；其次，就是近一两年里打算娶媳妇的人家，算是给自己铺铺路，等自家的新媳妇娶进门也就有人请了。这像散文里的伏笔，也像一笔提前预付的小额款项，等以后支取罢了。

唉，老家的人也像城里人，变得实际起来了。

想想，十几位穿着大红棉袄或者大绿棉袄的新媳妇，坐在早就煨热的一眼土炕上，笑意盈盈，端庄淑雅，多美的意境啊。和春节里扭秧歌、耍狮子这些动感十足的民俗风情相比，吃节酒宛如时间在春节这张宣纸上随意泼出的一张春歌图，娴静中弥散出的喜庆和祝福，让整个莽莽土塬温柔了起来。

不会流浪的湘西腊肉

他抱着碗凝神良久，
用筷子夹起一片腊肉放进嘴里，
眼泪就那么扑簌下来。

文/宗吉

熙熙攘攘的杭州河坊街，我跟着导航七拐八拐找到了一家湘菜馆，条凳码起，桌子上油渍依稀可见。店里没什么人，掌柜操着一口湖南湘西口音浓重的普通话："吃点儿什么？"我有点儿愣神，要了酸辣土豆丝和湘西腊肉。

随口问他："老板，你是湘西哪里人？"掌柜刀刻似的脸上忽然一笑："妹伢是老乡？我是永顺哩。""和你不远，我是凤凰的，老板，腊肉别炒，我要蒸着吃。"

他扯起嗓子对着厨房用永顺话喊："腊肉莫炒，妹伢要蒸着逮！蒸着逮！"那一嗓子把湘西人的豪气扯得一览无遗。永顺是土家族聚居区，因在那儿上了几年高中，听见"逮"字无比亲切，在永顺土话里，"逮"几乎可以代替一切动词——"吃""学""打""敲""烧"……都可以。

马上菜就上了桌，土豆丝是和酸辣子炒的，腊肉未加任何调料，我咬了一口腊肉，浓重的柴火熏香混着一点点苞谷烧的余香霸道地占领了我的舌头和喉咙，直觉胸口酸热眼前氤氲，于是举手投降，于是泪如雨下。打败游子的不是距离，是那一口味道。

一盘刚蒸好的湘西腊肉，热气腾腾香气四溢，肥肉接近透明，油光发亮，瘦肉是可爱的粉红或玫瑰红色，纹理分明。轻轻咬一口略咸，混合着松树枝橘子皮甘蔗渣甚至各种不认识的杂树的烟熏味道，也有八角茴香花椒桂皮肉桂粉末混合的味道，胃认识它。从杭州奔波回凤凰，一千六百多公里，一块腊肉就能挥走全部疲乏，我认识它，胃更认识它。记得有一部纪录片，叫《舌尖上的中国》，很多漂泊在外的人总会看得潸然泪下。

以前年纪小，不懂家乡的食物对于旅人来说到底是种什么样的情怀，而当自己真正经历过远走，离别，突然顿悟了：一种种食物分明就是一个个精灵呀，伸着小手小爪子，不声不响地牵扯出一张饮食地图。食物就是乡土的根，也是乡土的大动脉。湘西人会告别楚地的山南水北，会告别南蛮之地的山高水长，但食物不能也不会。

湘西腊肉，应该是很特别的一种特产，作为一个土生土长的凤凰姑娘，看见了腊肉就像看见了新年，感觉到一股年味儿。它的制作过程，也是异常复杂，挑时间挑地点也挑人。

隐约有小时候的模糊印象，就是一口很大的粗瓷缸子是专门用来腌腊肉的，半人高，直径大约一个半手臂长，平日里倒扣着放在杂物间，腊月冷透骨头时便拖出来洗净待用。院子里的一个角落雷打不动是用来熏腊肉的，开始是搭个小棚子，简陋且烟火气浓厚；后来爷爷专门把杂物间改装了一下，那里变成专门熏腊肉的屋子。一过冬至进入腊月，家里就进入了备战状态，爷爷像个匠人，严格严肃地去做这件事情，他像吹响集结号的兵，像认真守卫传统年节的旗。总是跟相熟的杀猪匠订了八十斤至一百斤上好的猪肉，切成四到五斤的长条状，全部放在一个大盆子里，然后就开始抹料，这个"料"是很关键的一步，家家都是那么做腊肉，但味道出不出彩，适合不适合保存，一大半的原因就在"料"了。这个时候家里的大擂钵被搬了出来，八角、茴香、花椒、桂皮、肉桂全部用擂石手工擂成颗粒、粉末状，一般是父亲和二叔来擂，直擂到最冷时节额头也附了一层白毛汗方可，用搅拌机打可不行，香味出不来。然后混合适量的盐在锅里干炒，一般是一斤肉二钱盐，再把来之不易的料细细抹在猪肉上，抹好几层，一块一块垒好整齐放在大缸子里，腌制五到七天，再用铁钩钩住放在熏房里熏。熏肉的树枝有时是买来的，要想味道更好就得用自己在山上砍的各种杂树枝，然后火不能断地熏制十五到二十天，这才算完成。更有山里人在厨房或堂屋的火塘上挂上猪肉、牛肉、猪舌、豆腐，一家人向（烤）了一冬天火，腊肉、牛干巴便也熏成了，这种慢熏的越黑越好吃，切开甚至是漂亮的半深红色，用淘米水仔细洗了，切成大片用柴火蒸，是山里苗人用来下烧刀子酒的最爱。腊肉是过年期间的重头戏，冬季气温低便于储存，真正好吃的腊肉也只能在这个时候吃到。

对于腊肉，印象最深的一次应该是初中的时候，那年下了好几场大雪，雪花像扯烂的棉絮飘飘洒洒，大家都愿意坐在家里向火。二叔因为家里出了些变故一个人去北京做生意，已经整整两年没回过家了，后来确定那年要回来过年，正好刚过冬至没几天，父亲闷声磨好镰刀带着我专门去山上砍熏制腊肉的树枝。家里已经很久没自己砍树熏肉了，一来是不方便，二来是街上专门有山里人卖，不过都是些最寻常的树料。好不容易爬到半山，父亲喘着气解了外套，他费力地爬树，还得防止树杈撞到眼镜框，干净的羊毛衫沾满草木屑，但他还是硬要爬上去砍中上部的树枝，新鲜的茬口冒出一股股松柏香。我提着镰刀，父亲再费力把一大捆树枝一步步拖回家，全然不顾手也磨破了，又跑到井水前田嬢家要了些橘子树枝。当时不解，既然街上可以买到，为什么还要自己去砍？我蹲在院子里哈着气看父亲和爷爷忙前忙后，此时肉也已经腌好，用大铁钩一块块挂在熏房里，引了火后院子里慢慢有了草木烟火香，接下来的十八天要时刻注意添树料保持阴火……

二叔回来那天，一家人围着向火吃饭，他抱着碗凝神良久，用筷子夹起一片腊肉放进嘴里，眼泪就那么扑簌下来。二叔性格不太安分，年轻时全国各地都跑过，与人打架讲狠从没认过尿，铁铮铮的湘西土家族汉子，一个大男人，山一样的男人，嘴里还含着腊肉就那么哭成一个孩子。二叔嘶哑着声音说："今年过中秋的时候，不晓得怎么了，我一个人走到北京街边喝二锅头，月亮好圆好圆，屋里好远好远，只有一个念头就是回家过年……"三叔偷偷在抹眼泪，父亲只是眼眶红着一声不

291

响抽了半烟灰缸的烟头。其实回归本质，食物也是一种爱的表达，哥哥费尽心思找最好的食材做最用心的食物，只是为了远归的弟弟不觉陌生。他们不善言辞，但情意全在酒里肉里。

哪怕现在网络那么发达，快递那么迅捷，我还是执拗地认为：家乡的食物是不会流浪的，是个性也是秉性。重庆的火锅底料离开了雾气缭绕的山城，再热情的火再精美的锅再丰富的下锅菜也吃不出那麻辣鲜香的味道；杭州的酱鸭离开了山温水软的江南，再好的鸭肉再出名的酱油再好看的餐具也吃不出那浑然天成的酱香味道；青岛的啤酒离开了那方水土，再类似的扎啤桶和再好的水与啤酒花也酿不出同样甜香的原浆；湘西的腊肉离开了粗犷朴实的南蛮，再好的木材再多的香料再好的猪肉与酒也吃不出那浓烈的香和烟熏味道……

食物不会讲话，但是有魂有魄。

人可能会到处流浪习惯漂泊，走坏很多双鞋，扔掉又捡起很多个叫"异乡"的故事，但食物不能也不会。

食物不会流浪，融着故乡的月亮就这样执拗了千百年。